Le royaume de
Lénacie

Tome 4
Sacrifice déchirant

De la même auteure

Parus

- *Le royaume de Lénacie*
    tome 1 : Les épreuves d'Alek
    tome 2 : Vague de perturbations
    tome 3 : Complots et bravoure

À paraître

- *Le royaume de Lénacie tome 5*

Priska Poirier

Le royaume de
Lénacie

Tome 4
Sacrifice déchirant

ÉDITIONS DE MORTAGNE

Catalogage avant publication de Bibliothèque et Archives nationales du Québec et Bibliothèque et Archives Canada

Poirier, Priska
    Le royaume de Lénacie
    Sommaire : t. 4. Sacrifice déchirant.
Pour les jeunes de 10 ans et plus.
    ISBN 978-2-89074-924-5 (v. 4)
    I. Titre. II. Titre: Sacrifice déchirant.

PS8631.O374R69 2009   jC843'.6   C2008-942367-4
PS9631.O374R69 2009

Édition
Les Éditions de Mortagne
Case postale 116
Boucherville (Québec)
J4B 5E6

Distribution
Tél. : 450 641-2387
Téléc. : 450 655-6092
Courriel : info@editionsdemortagne.com

Tous droits réservés
Les Éditions de Mortagne
© Ottawa 2011

Dépôt légal
Bibliothèque et Archives Canada
Bibliothèque et Archives nationales du Québec
Bibliothèque Nationale de France
3ᵉ trimestre 2011

ISBN : 978-2-89074-924-5
3 4 5 6 – 11 – 16 15 14
Imprimé au Canada

Nous reconnaissons l'aide financière du gouvernement du Canada par l'entremise du Fonds du livre du Canada (FLC) et celle du gouvernement du Québec par l'entremise de la Société de développement des entreprises culturelles (SODEC) pour nos activités d'édition. Gouvernement du Québec – Programme de crédit d'impôt pour l'édition de livres – Gestion SODEC.

Membre de l'Association nationale des éditeurs de livres (ANEL)

Pour mes filleuls,
Thierry et Juliette

Remerciements

Mes premiers remerciements vont à mon mari et à mes enfants qui comprennent les exigences du métier d'auteur et s'adaptent à mon horaire chargé d'écriture, de conférences et de Salons du livre.

Je remercie également mes parents, encore et toujours, pour leur grande disponibilité auprès des quatre hommes de ma vie.

Merci aussi à Cynthia, François, Jean, Marie, Aurélie, Gabrielle et Stéphanie pour votre aide et vos commentaires pertinents.

Merci Chloé pour ton ouverture face au monde de Lénacie et pour ton œil de lynx lors de la révision.

Merci à toute l'équipe de De Mortagne et de Prologue pour l'énergie dépensée afin d'aider cette série à trouver sa place dans la multitude d'ouvrages québécois.

Finalement, un « merci tout particulier » aux milliers de lecteurs des aventures des jumeaux Marguerite et Hosh. Vos commentaires enthousiastes me motivent sans cesse à faire mieux.

Table des matières

1

Filature

« Mais où est-il ? » se demanda Marguerite en vidant pour la cinquième fois le contenu du premier tiroir de sa commode blanche.

Cela faisait bien dix minutes qu'elle cherchait le collier de perles que lui avait fait parvenir Mobile pour Noël. Samuel, son cavalier pour le bal de fin d'études, allait bientôt arriver et elle n'était pas prête.

Dans un coin de sa chambre, son sac de voyage était fermé. Officiellement, dans quelques heures, elle partait rejoindre ses parents biologiques au Nunavut pour l'été. En réalité, elle se rendrait plutôt au royaume de Lénacie afin de retrouver Hosh, son frère jumeau, et d'affronter ses cousins Jack et Jessie dans un dernier sprint pour élire les prochains souverains des mers du nord. Si Hosh et elle remportaient la course à la couronne, Marguerite deviendrait reine et devrait régner avec son frère durant une trentaine d'années, comme tous les monarques les ayant précédés.

Dans cette éventualité, tout avait été prévu pour expliquer son absence sur terre. On raconterait que, du Nunavut, elle était partie étudier dans un collège au cœur d'une petite ville d'Alberta. Cet établissement, comme plusieurs autres, était dirigé par des syrmains et accueillait chaque année environ cinq étudiants fictifs, en plus de sa clientèle régulière. Après deux ou trois ans, elle irait travailler dans un village côtier accessible seulement par avion. En fait, dès l'instant où Marguerite s'établirait à Lénacie, les décisions prises sur la terre à propos de sa vie fictive ne la concerneraient plus. Quelqu'un imiterait son écriture et sa voix de façon à ce que ses sœurs n'aient pas de soupçon et la croient dans quelque coin reculé de la planète. Marguerite étant en constant déplacement sans jamais demeurer très longtemps au même endroit, il serait impossible de planifier un voyage pour lui rendre visite. Seuls ses parents adoptifs, Cynthia et Gaston, connaîtraient la vérité et recevraient quelques nouvelles réelles d'elle et de sa vie à Lénacie.

Marguerite était certaine de faire le bon choix, puisque refuser de régner voudrait dire laisser la place à ses malfaisants cousins. Impossible ! Elle ne pouvait pas faire ça aux Lénaciens. Malgré cela, dire adieu à sa famille, à ses amies et à son petit univers était déchirant. Aussi, depuis un mois, son humeur jouait aux montagnes russes. Et ses parents ne semblaient pas comprendre le caractère définitif de cette décision. Cynthia lui répétait au moins vingt fois par semaine qu'elle pourrait revenir quand elle le voudrait, même si ce n'était que pour quelques jours. Marguerite lui avait pourtant déjà expliqué qu'un souverain n'avait pas le droit de quitter la cité pendant son mandat.

« Ah ! Le voilà ! » s'exclama la jeune femme en mettant enfin la main sur son collier. Elle mit le bijou autour de son cou blanc et referma l'attache. La fraîcheur des perles sur sa peau fit accélérer les battements de son cœur. Elle s'imagina dans les bras de son prince et s'abandonna à un doux songe éveillé. Elle rêva que le beau sirène avait deux jambes et qu'il venait frapper à sa porte pour l'accompagner au bal. Elle le présentait à ses parents adoptifs ainsi qu'à ses amies et tous tombaient sous son charme. Elle dansait toute la soirée avec lui et, sur le coup de minuit, ils s'évadaient ensemble...

C'est à ce moment que sa sœur Justine franchit la porte en courant pour l'aviser que Samuel venait d'arriver. Marguerite prit une grande inspiration et suivit sa cadette dans le jardin en fleurs de sa mère pour la traditionnelle séance de photos précédant un bal de finissants.

* *
*

Le lendemain matin, lorsque le ciel commença à s'éclaircir, Samuel vint reconduire Marguerite chez elle. Le bal avait pris fin près de cinq heures auparavant et le jeune homme avait proposé à sa cavalière et à quelques amis de finir la soirée autour d'un feu de camp chez lui. Marguerite avait tant dansé qu'elle ne sentait plus ses pieds ! À quelques mètres de la maison de ses parents, elle rougit jusqu'à la racine des cheveux. Les lumières de la cuisine, du salon et du porche d'entrée étaient allumées. « Tu parles d'une arrivée discrète ! » La déception se lisait ouvertement sur le visage de son cavalier qui aurait probablement souhaité un peu plus d'intimité.

Bien que gênée par le geste, qu'elle attribuait spontanément à son père, Marguerite n'était pas fâchée. Elle aimait bien Samuel, mais Mobile occupait toute la place dans son cœur et c'est le seul garçon qu'elle rêvait d'embrasser.

– On dirait que je suis attendue...

– Ouais, on dirait, approuva simplement le jeune homme, qui cachait difficilement sa contrariété.

– Merci pour la soirée ! lança Marguerite en ouvrant la portière. C'était très agréable.

Elle avait conscience d'être expéditive, mais y avait-il bien des façons de congédier un garçon qu'on ne souhaitait pas embrasser ?

En entrant dans la maison, elle vit sa grand-mère maternelle, endormie sur le sofa. Que faisait-elle là ? Elle habitait à l'autre bout de la ville et, malgré ses soixante-huit ans, travaillait de nuit dans un centre d'hébergement pour personnes âgées. Elle aurait d'ailleurs dû y être en ce moment même...

La sonnerie du téléphone fit sursauter la jeune femme et réveilla son aïeule. Marguerite se hâta de décrocher. Cynthia appelait de l'hôpital. Marguerite apprit que, dans la soirée, Gaston s'était à nouveau plaint de douleurs au ventre. Depuis un certain temps, cela lui arrivait souvent. Cette fois, c'était devenu si insupportable qu'il avait insisté pour que sa femme appelle une ambulance. Le cœur de Marguerite s'emballa et ses yeux se remplirent de larmes. Son père était-il en danger ? Sa mère la rassura et lui annonça que c'était l'appendice de Gaston qui avait éclaté. Il avait été opéré d'urgence, et il était en salle de réveil.

– Tout va bien, conclut sa mère.

Même si le ton de Cynthia était calme, Marguerite décida de se rendre sur place. Sa grand-mère approuva et elle appela un taxi. En chemin, elle ne put s'empêcher de se faire du mauvais sang. Et s'il y avait des complications postopératoires ? Devait-elle remettre son départ pour Lénacie ? Devait-elle attendre qu'il se rétablisse complètement ? Marguerite adorait ses parents. Elle se sentait terriblement tiraillée entre ses deux familles et les responsabilités qu'elle avait envers chacune d'elles.

De fil en aiguille, une autre préoccupation prenait place. Comment pourrait-elle parvenir à Boston ? Elle devait se rendre au voilier de Cap'tain Jeff le surlendemain. Le syrmain l'amènerait ensuite dans des eaux calmes de l'océan Atlantique pour lui permettre de plonger et d'atteindre la cité de Lénacie. Chaque année, Marguerite partait d'une marina différente afin de ne pas attirer l'attention. Il était essentiel pour la sécurité des sirènes et des syrmains que les humains ne découvrent pas leur existence. Cela impliquait d'avoir le moins d'habitudes possible.

Marguerite aurait tant souhaité que Gabriel soit encore son gardien et qu'il soit à ses côtés en cet instant. Pourquoi fallait-il vieillir si vite ? Heureusement, elle avait la conviction que Cynthia trouverait une solution.

Cette certitude la rassura et elle décida de passer toute la journée au chevet de son père malgré sa nuit blanche de la veille. Lorsque l'heure des visites fut terminée, la jeune femme ne put empêcher les larmes de couler sur ses joues. Il était temps pour elle de partir. Heureusement, Gaston et Cynthia se gardèrent de la supplier de rester auprès d'eux. Une telle attitude aurait rendu la séparation encore plus pénible. Ils se saluèrent comme ils l'avaient fait chaque été, depuis trois ans. Alors qu'elle serrait sa mère dans ses bras, une pensée traversa l'esprit de Marguerite : « Cette fois, les au revoir sont peut-être en fait des adieux... » Mais elle la chassa aussitôt.

* *

*

Voilà sept heures que l'autobus roulait vers Boston. Les membres inférieurs de Marguerite commençaient à être ankylosés. Son voisin de siège venait d'enlever ses écouteurs et d'éteindre sa musique. Il était temps ! Fatiguée par sa soirée de bal et les heures passées au chevet de son père, la jeune femme avait espéré pouvoir se reposer. Au lieu de cela, elle avait dû supporter la musique trop forte de l'adolescent et garder ses genoux tournés dans un angle précis parce qu'il empiétait sans vergogne sur son espace. « La prochaine fois, je m'affirmerai davantage dès le début du trajet. » La prochaine fois ! Y en aurait-il une ? À cette pensée, sa gorge se serra.

Elle contempla le paysage qui défilait sous ses yeux. Boston était une ville immense. La nervosité s'empara de Marguerite à l'approche du terminus. Et si elle ne parvenait pas à trouver le bon port ? « Impossible ! se raisonna-t-elle, les directives de la lettre de Cap'tain Jeff sont très claires. » Elle la sortit de son sac pour une troisième fois depuis le départ, la déplia et la relut.

« Marguerite,

Cette année, je t'attendrai à bord de mon voilier dans la ville de Boston, aux États-Unis. Le 23 juin, à midi, tu dois te rendre au port qui se situe à droite du World Trade Center Boston, sur Northern Avenue.

Si je ne suis pas arrivé, attends-moi !

Cap'tain Jeff. »

Marguerite regarda sa montre qui indiquait 22 juin. Demain, elle partirait pour Lénacie ! Comme elle avait hâte de revoir son frère, sa mère, sa grand-mère Aïsha et Ange, son dauphin ! Elle était également impatiente d'avoir des nouvelles de Pascale, qui avait occupé ses pensées tout l'hiver. L'été précédent, un complot visant à inculper Marguerite et Hosh de tentative de meurtre sur deux autres aspirants avait été échafaudé. Dave avait été gravement blessé et était resté plusieurs jours inconscient. Hosh, Marguerite, Pascal et Pascale avaient été accusés et emprisonnés. Voyant les preuves s'accumuler contre ses deux amis, Pascale avait pris tout le blâme sur ses épaules et sur celles de son jumeau. Reconnus coupables, Pascal avait été banni de Lénacie et on avait interdit l'accès au palais à vie à sa jumelle.

Peu de temps après, Pascale avait réussi à intégrer une organisation secrète : la SPAL. À la fin de l'été, lorsque Marguerite était partie pour la surface, la belle sirène à la queue jaune orange se préparait à passer une épreuve d'initiation. Ce qui avait inquiété Marguerite une bonne partie de l'hiver. Comment cela s'était-il déroulé ? Avait-elle été blessée ou torturée ? Avait-elle été obligée de commettre un crime ou un meurtre ? Son imagination débordante l'avait amenée à comparer la SPAL à une bande de

21

motards ou à la mafia. Après tout, sur terre, on entendait les pires atrocités au sujet des initiations de ces groupes !

L'arrivée au terminus modifia les pensées de Marguerite. Elle se remémora les directives de Cynthia qui, de passage à la maison entre deux visites à l'hôpital, lui avait réservé une chambre dans un hôtel pour deux jours afin que sa fille ait un endroit où dormir si le voilier avait du retard.

C'était la première fois en dix-sept ans que la jeune femme se retrouvait seule dans un hôtel. Un agréable sentiment de liberté se mêlait à une certaine appréhension. Pouvait-elle sortir se promener ou devait-elle rester bien sagement dans sa chambre et attendre le lendemain ? Son goût pour l'aventure l'emporta.

*   *
*

Marguerite se réveilla et s'étira longuement. La veille, elle était allée marcher dans le port situé à côté de son hôtel. Elle avait espéré que le *Vainqueur des mers,* le voilier de Cap'tain Jeff, serait en avance... mais non ! Elle s'extirpa de son lit moelleux et prit une longue douche d'eau chaude. « La dernière pour longtemps », songea-t-elle en pensant à l'océan d'eau salée.

Après avoir avalé un Eskamotrène pour empêcher ses jambes de se transformer en queue de sirène si elle entrait en contact avec l'eau de mer, elle prit soin de ranger la totalité de ses affaires dans son gros sac imperméable. Ainsi, elle serait prête à partir rapidement lorsque le navire arriverait. La jeune femme sortit ensuite de sa chambre.

Commença alors une longue attente...

*   *
*

Au milieu de la journée, un couple dans la quarantaine retint l'attention de Marguerite. Elle était sûre d'avoir vu ces deux personnes dans l'autobus. La femme était svelte. Elle portait une robe verte et avait de longs cheveux châtains attachés avec une pince. Son compagnon lui ressemblait. Peut-être étaient-ils frère et sœur. Il était vêtu d'un pantalon kaki et d'une chemise beige. Ils s'entretenaient à mi-voix en parcourant un feuillet publicitaire de l'Université Harvard.

Marguerite reprit son observation de la mer. En soirée, elle constata que le couple se promenait dans la rue longeant le quai. Un fol espoir s'empara d'elle. « S'ils étaient syrmains ! pensa-t-elle. Si, comme moi, ils attendaient le voilier

de Cap'tain Jeff ! Je ne serais pas seule ! »
Comment pouvait-elle savoir ? Elle n'allait tout
de même pas le leur demander. Elle opta donc
pour la patience.

Lorsque le soleil se coucha, Marguerite
retourna à sa chambre et tenta de dormir. Le
lendemain, après une nuit agitée, elle arpenta
de nouveau le quai. Toujours rien ! Pourtant,
elle aurait dû partir pour Lénacie ce jour-là...
Elle prolongea son séjour à l'hôtel. Deux jours
plus tard, elle attendait encore. Elle était maintenant si stressée qu'elle en perdit l'appétit. Elle
se refusait à appeler Cynthia, déjà suffisamment préoccupée par Gaston qui se remettait
de l'opération. « De toute façon, ça ne changerait rien, jugeait-elle. Ils ne peuvent rien faire. »
Il était hors de question qu'elle retourne chez
elle. Hosh, son frère jumeau, l'attendait à Lénacie ! Elle avait pensé communiquer avec Gab,
son ancien gardien, ou M. Guy, l'épicier syrmain. Ils auraient pu lui transmettre les coordon-
nées de syrmains habitant Boston. Toutefois, en
sortant de l'autobus, elle s'était aperçue qu'elle
avait oublié son carnet d'adresses chez elle.
Donc, impossible de leur téléphoner !

Elle soupa d'un sandwich à l'ombre d'un
arbre, dans un parc près des quais. Elle remarqua à nouveau l'homme et la femme aux

cheveux châtains. Cette fois, cependant, ils semblaient ne pas vouloir qu'elle les remarque. Comme dans un film d'espionnage, ils tenaient devant eux un journal ouvert. Cela intrigua Marguerite.

Sous le coup d'une subite impulsion, elle se leva d'un bond et rentra à l'hôtel au pas de course. Une fois arrivée, elle se cacha derrière une des grandes colonnes du hall. Il ne fallut que deux minutes au couple pour faire irruption dans l'édifice. « Ils ont donc couru eux aussi... » en déduisit Marguerite. Après avoir attentivement observé autour d'elle, la femme ressortit dans la rue pendant que l'homme s'assoyait au bar en fixant l'entrée. Marguerite attendit qu'il commande un verre et fila vers la cage d'escalier afin de rejoindre sa chambre en catimini. Était-elle surveillée ? Pourquoi ? Et s'ils étaient syrmains, pour quelle raison ces gens ne l'aidaient-ils pas ?

Toute la nuit, elle se questionna, tourna et retourna dans sa tête le peu d'informations qu'elle possédait. Le temps passé en mer pour un syrmain d'âge mineur était compté. Trois mois, pas un jour de plus... On ne pouvait se permettre d'éveiller les soupçons des autorités terrestres avec un enfant de l'eau qui n'était pas de retour à temps pour la rentrée des classes.

De plus, les souverains n'accepteraient pas que les épreuves soient indéfiniment retardées, par respect pour tous les Lénaciens. Le protocole était très strict : Marguerite devait arriver à temps, sinon la couronne tomberait par défaut entre les mains de Jessie et de Jack.

Le lendemain matin, elle avait pris une décision... Si le voilier de Cap'tain Jeff n'arrivait pas au cours de la matinée, elle se rendrait à Lénacie par ses propres moyens. C'était un gros risque. Les syrmains devaient toujours utiliser un des voiliers prévus à cet effet. Par contre, elle estimait qu'un seul élément importerait aux yeux des responsables de la sécurité de Lénacie : qu'elle ait réussi à garder un secret absolu sur son pouvoir de transformation en sirène.

Dès midi, Marguerite entra donc dans une agence de voyages située près de son hôtel. L'agente sembla surprise qu'une jeune femme de son âge paye seule les coûts d'un voyage. Toutefois, elle ne lui posa pas de questions embarrassantes. Marguerite savait ce qu'elle voulait : une croisière qui se rendait directement dans la mer des Sargasses, près de l'archipel des Bermudes, et qui partait le plus tôt possible. Ayant retiré suffisamment d'argent à la banque une heure plus tôt, d'un compte que lui avait créé ses parents adoptifs en cas de pépin, elle loua une cabine sur un navire de croisière pouvant accueillir plus de cinq mille personnes.

Marguerite avait bien réfléchi. Plus le bateau serait gros, plus elle passerait inaperçue. Elle s'enfermerait dans sa cabine avec suffisamment de nourriture pour la durée du voyage. Près des Bermudes, elle viderait sa chambre et sauterait à l'eau à la lueur de l'aube, pendant que tous dormiraient. Personne ne la verrait et personne ne s'inquiéterait de son absence une fois la croisière terminée. Son plan était parfait !

L'aspirante sortit de l'agence, son billet en main pour le lendemain. Elle passa à nouveau par les docks. Sait-on jamais ? Pendant qu'elle traversait la rue, elle vit du coin de l'œil la femme blonde qui la suivait entrer dans l'agence de voyages. Marguerite fronça les sourcils. Que trafiquait-elle ?

Arrivée au quai, elle constata que le *Vainqueur des mers* n'était toujours pas en vue. Elle flâna pendant près d'une heure dans le coin, puis regagna l'hôtel. Une préposée l'arrêta lorsqu'elle passa devant le comptoir d'accueil. La syrmain avait reçu une lettre.

Le cœur battant, Marguerite prit l'enveloppe, qui contenait un message et un chèque, puis lut la missive, écrite en anglais :

« À Marguerite Duguay. J'ai le regret de vous annoncer qu'une erreur s'est glissée lors de votre réservation et que votre place pour la croisière à bord du *Royal Princess* n'est plus disponible.

Vous trouverez avec ce billet le remboursement de vos frais sous forme d'un chèque certifié. Nous sommes désolés pour le désagrément et au plaisir de faire affaire avec vous pour un autre voyage.

Linda Bollok,
pour l'agence Liberty, Boston. »

Marguerite n'était pas vraiment surprise. L'image de la femme blonde flotta quelques instants devant ses yeux. Ses craintes se confirmaient : on essayait bel et bien de l'empêcher d'atteindre Lénacie !

2

De justesse

Sous la douleur intense, Marguerite serra les mâchoires. Elle l'avait presque... Elle tira encore un peu et une de ses belles écailles mauves resta enfin entre ses doigts. Elle était parvenue à faire apparaître sa queue de sirène grâce à une impressionnante quantité de sel de mer versée dans l'eau de la baignoire. La jeune femme enleva de son cou la chaîne que sa grand-mère Aïsha lui avait remise l'été précédent. Elle saisit l'écaille transparente qui y était accrochée et la pressa contre la sienne, au centre de ses mains jointes comme si elle priait.

– Neptus, chuchota-t-elle, j'ai besoin de toi !

Marguerite était consciente qu'elle faisait prendre un risque démesuré au dragon des mers. S'il fallait que quelqu'un découvre son existence, la chasse serait ouverte. « Où es-tu ? » entendit-elle, stupéfaite. Pendant un moment, elle crut que l'animal marin lui parlait. Puis elle reconnut la voix et sourit. C'était Hosh ! « J'arrive bientôt ! » lui répondit-elle en espérant que ce soit la vérité. Depuis l'été précédent, c'était la première fois que la syrmain communiquait avec son frère par télépathie. Elle soupçonna que son état temporaire de sirène devait y être pour quelque chose.

Pendant trois jours, elle scruta le port à la recherche du moindre signe de Neptus. Aïsha lui avait assuré que l'animal répondrait toujours à l'appel d'urgence qu'elle lui lancerait en utilisant le pouvoir combiné de leurs écailles respectives.

Bien qu'elle ne distinguât plus la voix de son jumeau, Marguerite le sentait extrêmement nerveux. Elle percevait des pointes d'angoisse et d'inquiétude l'envahir à tout moment. Depuis que Hosh et elle avaient participé à l'accouchement d'une raie manta et que son frère avait été en contact avec le cristal noir de Langula, leur pouvoir de communication télépathique s'était amplifié au point que la jeune femme ressentait souvent les émotions de son jumeau. Cette connexion commençait d'ailleurs à l'agacer, car à maintes reprises, ces émotions perçues étaient en complète contradiction avec les événements qu'elle vivait. Ainsi, au cours de l'hiver, elle avait eu toutes les difficultés du monde à ne pas éclater de rire dans un salon funéraire. Elle avait aussi fondu en larmes en plein milieu d'un spectacle d'humour et eu une envie irrépressible de frapper un de ses camarades de classe alors qu'il venait de la complimenter !

Tandis qu'elle se remémorait ces moments assise au bout d'un quai, elle reçut de plein fouet au visage un énorme jet d'eau lancé par un dauphin. Il recommença son manège à deux reprises. « Neptus est arrivé ! » déduisit-elle immédiatement. Elle se coucha sur le ventre et glissa sa main dans les flots.

– Je reviendrai cette nuit, murmura-t-elle en flattant le rostre du dauphin messager.

Marguerite aurait deux obstacles à surmonter : réussir à semer le couple qui la surveillait et quitter Boston avec Neptus sans attirer l'attention. Afin de lancer ses poursuivants sur une fausse piste, elle demanda à la réceptionniste de l'hôtel l'horaire des autobus en direction de Montréal. Elle annonça ensuite son départ pour le lendemain midi juste assez fort pour que l'homme au pantalon kaki, assis à quelques mètres d'elle, l'entende. « Il pensera à coup sûr que la pauvre syrmain que je suis retournera chez elle, penaude. Il dormira donc sur ses deux oreilles cette nuit... »

C'est ainsi qu'à 1 h 30, elle s'engagea silencieusement dans le corridor de l'hôtel. Sur la pointe des pieds, elle sortit par la porte arrière et longea le bâtiment, les nerfs tendus. Soudain, un bruit derrière elle la fit se figer. Lentement, elle se tourna. Un chat brun sauta d'une benne à ordures et atterrit à ses pieds. La jeune femme était si nerveuse qu'elle poussa un cri aigu. « Ce n'est qu'un chat ! » soupira-t-elle avec soulagement. Elle reprit sa route et parvint rapidement au quai. Se métamorphoser en sirène si près du port était tellement risqué qu'elle en tremblait. Marguerite n'espérait qu'une chose : que l'Eskamotrène ingéré le matin même ne soit plus actif...

L'aspirante se laissa glisser sans bruit dans l'eau avec son gros sac de cuir ciré sur le dos. Elle enfonça sa tête sous la surface et, dès que ses branchies apparurent, lança un cri pour appeler le dauphin messager qui l'avait prévenue de l'arrivée de Neptus. Heureusement, il l'attendait tout près ! En s'accrochant à sa nageoire dorsale, Marguerite avança de concert avec lui pour s'éloigner le plus vite possible du quai.

Quinze minutes plus tard, le dauphin se libéra de l'emprise de Marguerite et s'éloigna. Aussitôt, un énorme courant d'eau souleva la jeune femme et l'entraîna vivement vers le large. Elle eut un moment de panique. Par réflexe, elle ouvrit les bras afin de ralentir sa progression. Sa main entra alors en contact avec quelque chose qui avait la texture d'une peau semblable à celle d'un éléphant. Neptus ! Marguerite se souvint qu'en tant que gardien du cristal noir de Langula, le dragon des mers avait le pouvoir de devenir transparent. En tâtonnant vers le sommet du crâne de l'animal, elle trouva deux antennes, auxquelles elle s'agrippa.

Un immense soulagement ainsi qu'un sentiment de joie l'enveloppèrent. Elle n'était plus seule ! Sentant son bonheur, Neptus lui répondit par une série de cliquetis semblables à ceux d'un dauphin. Il était content de la retrouver.

Plus ils descendaient vers les profondeurs et s'éloignaient du port, plus l'aspirante filtrait l'eau avec calme. Lorsqu'elle se jugea en sécurité, Marguerite demanda à Neptus de s'arrêter un instant.

Comme elle savait qu'elle ne pourrait s'accrocher à Neptus très longtemps, elle s'était procuré la veille une corde qu'elle avait rangée dans son sac en prévision des deux mille kilomètres à parcourir. En prenant soin de la couvrir d'une large bande de tissu pour ne pas blesser l'animal, elle la lui passa autour du cou. Le dragon des mers claqua des dents tout près du visage de la syrmain. Il n'appréciait visiblement pas. La jeune femme lui parla doucement pendant qu'elle remontait sur son dos. Lorsqu'elle tira légèrement sur la corde afin de la nouer solidement autour de ses hanches, Neptus la projeta vers l'avant avec une telle force que Marguerite parcourut plusieurs mètres. Il lui fallut plus d'une heure et tout son pouvoir de persuasion pour que Neptus accepte enfin qu'elle s'attache à lui !

Après une heure de voyage, bercée par la nage du dragon, la jeune femme s'endormit. Ce contact prolongé, combiné aux pouvoirs magiques du dragon des mers, eut sur elle un effet imprévu. Elle sombra dans un rêve insolite.

Elle était encore un bébé et on l'avait emmaillotée sur la poitrine d'un homme. Spontanément, Marguerite sut que ce syrmain était son père. Elle se sentait bien dans ses bras. Mat, cependant, semblait triste. Il respirait difficilement, par à-coups, et posait souvent une main dans le dos de sa fille comme pour se donner l'énergie de continuer à nager. Même en rêve, Marguerite pouvait sentir la chaleur de la main de son père sur sa peau. Elle était le bébé mais conservait l'esprit d'une jeune femme de dix-sept ans. Quatre sirènes nageaient en silence près d'eux. Dans la trentaine, ils tenaient fermement des tridents.

Tout à coup, l'atmosphère s'alourdit et se chargea d'électricité. Un danger les guettait... même Marguerite le sentait. Un requin ? Un épaulard ?

Quelques secondes plus tard, dix créatures grises les surprirent par-derrière. « Des frolacols ! » Elle voulut crier à son père de fuir, mais aucun son ne sortit de sa bouche. Un des sirènes qui les accompagnait le fit à sa place, d'une voix paniquée : « MAT ! Sauve-toi ! Rejoins le voilier ! » Son père se propulsa vers la surface. Il nageait le plus vite possible tout en évitant les rayons lumineux des tridents qui le visaient.

Un éclair de lucidité frappa l'aspirante comme un coup de fouet. Elle connaissait cette histoire ! Elle comprit qu'elle s'apprêtait à revivre la mort de son père et de ses oncles. Ces images, si longtemps enfouies dans sa mémoire, refaisaient surface.

Marguerite entendit Mat appeler des dauphins à leur rescousse. En reportant son attention vers les frolacols, l'aspirante eut une vision d'horreur : deux de ses oncles flottaient sans vie à quelques mètres de là. Un troisième se battait farouchement contre cinq êtres gris et le quatrième, le plus jeune, s'approchait d'eux afin de faciliter leur fuite.

– Linch ! hurla Mat désespéré.

– Sauve-toi avec Sierrad ! ordonna le sirène.

Au même moment, un puissant rayon bleu atteignait le frère de Mat au ventre. L'aspirante ferma les yeux. Lorsqu'elle les rouvrit, elle vit le dernier de ses oncles encore vivant se défendre à coups de poing et de queue contre ses adversaires. Peine perdue, les frolacols étaient trop nombreux...

Plus rien ne protégeait son père, et malgré son précieux fardeau, il retira un trident de la housse en bandoulière qu'il portait. Lentement, comme au ralenti, Marguerite observa un des êtres gris et difformes tendre vers eux une arme du royaume. Avec un sourire déformé par la haine, il dirigea son rayon meurtrier vers Marguerite. À cet instant, un dauphin vint heurter de plein fouet le frolacol. Le faisceau lumineux bifurqua, atteignant Mat à l'épaule, quelques centimètres seulement au-dessus de la tête de sa petite Sierrad. Son père lâcha son trident et s'accrocha de toutes ses forces au mammifère marin qui s'était approché de lui. Sans attendre, l'animal s'élança immédiatement vers la surface. Six autres dauphins se glissèrent sous eux pour les protéger des rayons qui continuaient à fuser.

Plusieurs jets atteignirent tout de même Mat, que Marguerite voyait grimacer et faiblir. En puisant dans le peu de force qu'il lui restait, il arriva à percer la surface avec sa fille. Marguerite reconnut Cap'tain Jeff sur le pont de son voilier. Par-dessus le bastingage, il scrutait l'eau rougie par la mort de plusieurs dauphins. L'aspirante l'entendit ordonner qu'on leur porte secours.

– Que s'est-il passé ? leur demanda-t-il dès que Mat fut hissé sur le pont.

– Mais ce sont des blessures de tridents ! s'exclama un matelot. Qui vous a attaqués ? Où sont les autres ?

Mat ne répondit pas. En silence, il regardait sa fille avec des yeux tristes et remplis d'amour. Marguerite savait que son père était en train de mourir. Elle se souvenait parfaitement du récit de sa mère. Ses frères et lui étaient tous décédés en voulant la protéger.

– Ma princesse, je t'ai sauvée ! murmura-t-il.

– Qu'a-t-il dit ? s'enquit un moussaillon.

– Il emploie une autre langue, comprit Cap'tain Jeff. Le langage des dauphins...

Marguerite, elle, le comprenait très bien. Son père lui parla des dauphins avec des mots dans la langue de son allié naturel. Mat lui avoua détenir un pouvoir sur eux que personne à sa connaissance n'avait possédé avant lui. Il essaya de le transmettre à sa fille. Il y concentra toutes ses dernières forces vitales. Au fur et à mesure que Mat parlait, un changement se produisait en Marguerite.

– Tes yeux viennent de changer de couleur, ma petite Sierrad. De bleus, ils sont en train de devenir verts.... Tu as donc en toi tout ce que je viens de te transmettre, lui confia-t-il dans un dernier souffle.

La jeune femme savait désormais d'où lui venait tout ce savoir qui l'habitait ; il avait été ancré et enfoui dans sa mémoire depuis ce jour.

Mat ferma les yeux et embrassa son bébé sur le front, exactement comme Una l'avait raconté à l'aspirante au cours de son premier été à Lénacie. Elle entendit les lamentations des dauphins tout autour du voilier. Mat leur répondit. Il leur confiait sa princesse. Puis tout s'évanouit et Marguerite émergea doucement de son rêve.

Elle resta couchée sur Neptus, essayant d'intégrer ces souvenirs. Ils étaient enfouis si profondément ! Il était même étonnant qu'ils aient refait surface. Deux émotions contradictoires se disputaient en elle. La tristesse et le bonheur. D'abord, la profonde tristesse d'avoir revécu la perte de son père, mais également le bonheur de l'avoir enfin vu, même si tout cela n'était qu'un rêve ! Elle avait senti son cœur battre et tout l'amour qu'il éprouvait pour elle.

Ainsi, c'était donc des frolacols qui avaient causé la mort de Mat et de ses oncles. Était-ce le fruit du hasard ? Étaient-ils au mauvais endroit au mauvais moment ?

Ce questionnement souleva un malaise chez la jeune femme et elle essaya de bouger pour se secouer les esprits. Elle n'y parvint pas. Pendant son sommeil, les écailles de sa queue s'étaient collées à la peau plissée de Neptus. L'aspirante ne broncha pas. Elle sentait que, comme avec son père seize ans plus tôt, quelque chose se métamorphosait en elle. Que lui avait transmis Neptus pendant son sommeil ? Était-ce cette proximité qui lui avait permis de revivre les derniers moments de son père ?

L'estomac de Marguerite choisit ce moment pour se manifester bruyamment. « J'ai faim ! » se dit-elle. Aussitôt, Neptus accéléra considérablement sa nage et, passant au milieu d'un banc de thons, en croqua un au passage qu'il offrit fièrement à sa compagne de route. La jeune femme le remercia et chercha en elle le courage nécessaire pour le manger cru. Bien qu'à la suite de sa transformation en sirène, ses dents fussent devenues plus solides et plus pointues, c'était pour elle un dur retour à la réalité de l'océan ! En mastiquant, Marguerite se rendit compte qu'elle n'avait pas dit à Neptus qu'elle avait faim. Elle n'y avait que songé. Se pouvait-il qu'il ait lu dans ses pensées ? Elle décida de tenter une expérience. Par télépathie, elle demanda à Neptus de bifurquer vers la droite. Le dragon des mers s'exécuta aussitôt. « Formidable !!! » exulta la syrmain.

*   *

*

Après deux jours passés sur le dos du dragon des mers, Marguerite avait de plus en plus hâte d'apercevoir la cité. Elle répétait sans cesse à Hosh « J'arrive ! » Et il lui répondait invariablement : « Fais vite ! »

Enfin, la syrmain repéra au loin le mur de protection de Lénacie. Elle détacha la corde qui la reliait à Neptus et somma le dragon de devenir transparent. Ainsi, s'ils étaient surveillés, personne ne pourrait le voir. L'animal laissa Marguerite tout près de la barrière ouest de Lénacie. La joie d'être de retour et l'appréhension d'être arrivée trop tard se mêlaient dans l'esprit de la jeune femme. Elle nagea le plus vite qu'elle put, traversa le mur et appela immédiatement Ange. Elle savait qu'en franchissant la barrière son arrivée serait signalée au centre de la sécurité et elle souhaitait parvenir au château avant le poisson-messager que les responsables du dôme de protection ne manqueraient pas d'envoyer à sa mère, la reine.

Son dauphin, maintenant âgé de trois ans, avait atteint sa taille adulte. Marguerite le retrouva avec émotions. Elle prit quelques secondes pour le serrer dans ses bras en pleurant de joie. Comme il lui avait manqué ! Elle enjoignit à Ange de l'aider à se rendre au palais le plus rapidement possible. En chemin, elle testa son nouveau pouvoir de communication par la pensée avec lui. C'était phénoménal ! Ange la comprenait à la perfection sans qu'elle ait à émettre un son.

« Marguerite ! lui cria Hosh par télépathie. Usi va nous disqualifier de la course d'un moment à l'autre ! »

– Plus vite, Ange ! supplia l'aspirante en nageant à l'unisson avec lui.

Elle pénétra dans le palais à la vitesse de l'éclair sans lâcher son dauphin. Elle traversa les portes de la grande salle au moment même où elle entendit son oncle déclarer d'un ton conciliant :

— C'est le choix de ma nièce et nous devons le respecter.

— Puis-je connaître cette résolution que je semble avoir prise ? demanda Marguerite, essoufflée, en libérant la nageoire d'Ange.

Concentrée sur le visage d'Usi, Marguerite ne vit pas le soulagement de son frère jumeau. Pas plus qu'elle ne constata la subite pâleur de sa mère ou le mouvement de colère esquissé simultanément par Jack et Jessie. Sans se laisser décontenancer, Usi répondit :

— Votre décision de vous retirer de la course à la couronne. Cette lettre, signée par vous, nous avisait que vous souhaitiez rester à la surface cette année. Toutefois, il semblerait que vous ayez changé d'idée...

— C'est ridicule ! Je n'ai jamais rien écrit ou signé de la sorte, certifia Marguerite d'une voix assurée.

— Dans ce cas, je suppose que tu peux justifier ton retard ? Il s'agit d'un manque flagrant de respect envers les évaluateurs et les autres aspirants, lança son oncle qui avait subitement laissé tomber le vouvoiement.

– Je crois que je n'ai pas reçu la bonne information concernant le port où le capitaine Jeff devait m'attendre. J'ai dû rejoindre Lénacie par mes propres moyens, ce qui n'a pas été une tâche aisée, comme vous pouvez l'imaginer. Je vous prie d'accepter mes excuses pour ce déplorable contretemps.

Marguerite croisait les doigts. Pourvu qu'on ne lui demande pas comment elle s'y était prise pour parcourir un peu plus de deux mille kilomètres sans l'aide d'un bateau ! Una s'éleva de quelques coups de queue et prit la parole.

– Sois la bienvenue, ma fille. Sois également assurée que nous te pardonnons ton retard. M. Lee ? appela la reine en tournant la tête vers le chef de la sécurité. Nous vous chargeons de tirer au clair cette histoire de lettre et de mauvais port dans les plus brefs délais. Chers invités ! annonça-t-elle en s'adressant à la foule silencieuse de la grande salle. Que les réjouissances devant entourer le début de cette dernière année d'épreuves commencent !

Marguerite pivota vers son jumeau, qui avait encore grandi de quelques centimètres au cours des derniers mois. Ses longs cheveux noirs étaient noués en queue de cheval. Le vert émeraude dominait maintenant sur sa queue de sirène, même s'il restait encore quelques écailles mauves parsemées ici et là. L'aspirante avait si hâte de le serrer contre son cœur ! Quelle ne fut pas sa surprise de le voir plutôt se diriger vers Jessie. Il fit une révérence à sa cousine, tandis que Jack, qui s'était approché de Marguerite sans qu'elle le remarque, faisait de même à son endroit. Il avait grandi, lui aussi, et était beaucoup plus musclé qu'avant. Sa queue était d'un bourgogne plus soutenu et ses cheveux touchaient à peine sa nuque, ce qui contrastait avec la mode à Lénacie, où les hommes avaient tous les cheveux longs. Abasourdie, elle ne répondit pas au geste de son cousin.

– Tout le monde nous regarde ! lui lança-t-il entre ses dents serrées. Donne-moi ta main !

La jeune femme obéit sur-le-champ. Elle tendit son bras vers l'aspirant tandis qu'un garde envoyé par la reine la débarrassait de son gros sac à dos. Jack l'entraîna vers le milieu de la salle en lui broyant les doigts. Les vibrations émises par la musique emplirent doucement la pièce pendant que Jack passait un bras autour de sa taille et emprisonnait sa main dans la sienne.

– Je suis obligé de te faire danser, lui expliqua son cousin. Nous devons montrer à la population que nous sommes capables d'harmonie entre nous.

Marguerite demeura coite. Elle constata que Jack la maintenait de force quelques centimètres plus bas que lui, de façon à dominer tous les mouvements de la danse, mais surtout, pour ne pas avoir à la regarder. « Harmonie, mon œil ! » enragea-t-elle. Impuissante, elle se promit qu'il le lui paierait.

« Aïe ! » entendit-elle dans sa tête. Son frère venait d'essayer d'imiter la position de Jack, mais Jessie lui avait enfoncé profondément ses ongles dans l'épaule, le dissuadant de continuer.

Dès que la musique se tut, Marguerite eut à peine le temps de serrer Hosh dans ses bras que Céleste apparut aux portes de la grande salle. Elle semblait dans tous ses états.

– J'étais sur le voilier de Cap'tain Jeff au port de New York ! lui lança-t-elle d'emblée. Comment se fait-il que tu ne te sois pas présentée ? Je t'ai pourtant écrit il y a trois semaines pour te donner rendez-vous.

– Je n'ai jamais reçu ta lettre, affirma l'aspirante. Peut-être qu'elle a été interceptée... Tout ce que j'ai eu, c'est un message par courrier recommandé me disant que je devais me rendre à Boston.

– On t'a attendue pendant deux jours. Puis on a dû se résoudre à partir sans toi. Cap'tain Jeff était très inquiet. Il faudrait lui envoyer un rouleau d'algues pour le rassurer.

Pendant que Marguerite approuvait et que les deux amies se dirigeaient vers une des tables de victuailles, Céleste lui apprit que Pascal travaillait maintenant sur le voilier de Cap'tain Jeff. Le vieux loup de mer s'était pris d'affection pour le jeune syrmain et il l'avait engagé comme matelot pour l'été.

– Il y a eu plusieurs flammèches entre lui et Jack au cours du voyage. Un soir, Pascal a eu le dernier mot lors d'une querelle avec Jack, et ce, devant tout l'équipage. À la suite de cette humiliation, il m'a raconté que ton cousin l'avait menacé à mots à peine couverts de s'en prendre à sa jumelle au cours de l'été. As-tu remarqué le nez enflé de Jack ? gloussa Céleste. C'est la réponse de Pascal... Un avertissement très efficace, si tu veux mon avis !

Même si Marguerite prônait la non-violence, elle savait à quel point son cousin pouvait pousser les gens dans leurs derniers retranchements !

Elle était secrètement satisfaite que Pascal lui ait tenu tête. L'aspirante quitta donc son amie avec un sourire sur les lèvres.

La reine était enfin libre et Marguerite se hâta d'en profiter pour aller discuter avec elle. Sa mère lui avait tant manqué ! Heureuse de retrouver sa fille, Una monta avec elle de quelques coups de queue au-dessus de son trône, indiquant clairement qu'elle ne souhaitait pas être dérangée.

Une quinzaine de minutes plus tard, madame de Bourgogne demanda le silence.

– Comme vous le savez tous, commença-t-elle, cette quatrième saison chaude servira à juger la capacité de gouverner des deux derniers couples d'aspirants : Jessie et Jack ainsi que Marguerite et Hosh. Le couple qui réussira le mieux la dernière épreuve régnera pendant un an sous la supervision d'Usi et d'Una. Si cette année s'avère concluante, ils seront alors officiellement élus roi et reine de Lénacie.

Bien que ces informations aient été répétées presque textuellement chaque année, les sirènes présents dans la salle lancèrent un chant d'applaudissements enthousiaste, comme s'ils l'entendaient pour la première fois. Les Lénaciens étaient très friands de compétitions.

– Les deux couples sont pour l'instant sur un pied d'égalité, ajouta-t-elle.

L'évaluatrice Victa s'avança et poursuivit.

– Cette année, la composition du jury sera par contre légèrement différente. L'évaluateur Oscar est dans l'impossibilité de quitter son emploi sur terre sans attirer l'attention des humains. Aussi, madame de Bourgogne, Coutoro, Cérina, Mac et moi-même formerons le jury. Les aspirants à la couronne seront jugés en fonction de leur compassion, de leur courage, de leur capacité à prendre des décisions, de leur sens du jugement et de leur débrouillardise.

– Chaque couple devra traverser deux épreuves, déclara Coutoro qui s'était élevé à son tour de quelques coups de queue. Je vais vous révéler à l'instant en quoi consistera la première.

Il se permit ensuite un moment d'arrêt afin de parcourir la salle du regard et ainsi laisser planer le suspense.

– Dans exactement quatre jours, révéla-t-il, les aspirants devront se rendre seuls chez les Octaviens.

Un chant d'applaudissements retentissant salua cette annonce. Il était clair que les Lénaciens appréciaient l'épreuve. Marguerite, pour sa part, n'en mesurait pas bien l'ampleur et mourait d'envie d'interroger son frère sur ces gens.

– Comme vous le savez, reprit madame de Bourgogne, ce peuple de sirènes vit retiré du monde, dans les profondeurs des abysses. La route pour se rendre à Octavy est longue, ardue et parsemée d'embûches. Les quatre concurrents n'auront donc pas d'autre choix que de s'entraider pour y parvenir.

« Ça promet ! » pensa Marguerite en lançant un regard de biais à ses cousins.

– Toutefois, sur place, ce sera chacun pour soi, prévint Coutoro. Le but ultime de ce voyage est de rapporter une plante médicinale qui ne pousse que dans cette contrée et dont les guérisseurs de Lénacie ont épuisé les réserves. C'est le seul remède connu pour protéger les siréneaux contre une malformation des branchies causée par l'augmentation de la pollution dans la cité.

– Cette mission est loin d'être simple, conclut madame de Bourgogne, car pour obtenir ces végétaux rares, ils devront absolument gagner la confiance de toute la communauté octavienne. Et ce peuple n'est pas réputé pour sa bienveillance et sa convivialité envers les étrangers...

*   *

*

Étendu dans l'assur de la chambre de sa sœur, Hosh était aussi surpris que sa jumelle par l'annonce des évaluateurs. Il n'aurait jamais cru que, si près du couronnement, ils prendraient à nouveau le risque de mettre en danger la vie des aspirants en les envoyant à l'extérieur de la cité !

– Octavy se trouve à plusieurs dizaines de kilomètres de Lénacie, lui apprit Hosh. Je connais très peu de sirènes qui s'y sont déjà rendus. Disons que ce n'est pas une destination voyage très prisée...

– Pourquoi ? s'enquit Marguerite en appréhendant la réponse.

– Cette cité se situe au fond d'une fosse abyssale de plusieurs dizaines de mètres. À cette profondeur, le froid et la noirceur règnent en permanence. Des prédateurs que tu n'as jamais vus y sont à l'affût. Ils disposent de moyens de défense et d'attaque qu'on ne retrouve pas dans les autres parties de l'océan.

– Si les conditions de vie sont si hostiles, comment des sirènes font-ils pour y habiter ?

– Grâce aux cheminées hydrothermales, révéla son jumeau.

Pendant que sa sœur défaisait ses bagages, il lui apprit que ces cheminées faisaient office de volcans dans l'océan. Le magma réchauffait l'eau et permettait à la vie autour de proliférer. Les Octaviens construisaient leurs demeures près de ces sources chaudes et profitaient du microclimat ainsi créé.

– Qu'est-ce que c'est que ça ? s'informa Hosh en tenant dans ses mains un sac de plastique transparent que Marguerite venait de déposer sur son assur.

L'aspirante s'étonna de la question de son frère, mais elle se rappela bien vite que le plastique n'était pas une matière qui existait au fond de l'eau.

– C'est un sac où je range un paréo, expliqua Marguerite. C'est une grande pièce de tissu dont on se sert pour se couvrir en la drapant autour de notre taille.

– Pourquoi as-tu apporté ça ici ?

– C'est un conseil de Gabriel. Lors de mon premier voyage à Lénacie, il m'a recommandé de toujours en avoir un dans mes bagages. Il dit qu'en tant que syrmain, je peux être appelée à tout moment à me rendre à la surface. Je dois donc toujours avoir ce qu'il faut pour me couvrir. Il m'a confié que cette précaution lui avait déjà sauvé la vie à deux reprises.

Hosh regarda sa jumelle d'un œil critique. À l'évidence, il ne voyait pas très bien quelles situations pouvaient nécessiter un tel vêtement.

– As-tu des nouvelles de Pascale ? lui demanda Marguerite en changeant radicalement de sujet.

– Je te rappelle qu'elle n'a plus le droit de venir au palais, répondit son frère pendant qu'inconsciemment, il transmettait à sa sœur une vague de tristesse.

Una arriva sur ces entrefaites et pria sa fille de la suivre dans le petit salon adjacent. La reine attendait des explications concernant l'arrivée de sa fille à Lénacie. Heureusement, Marguerite avait eu le temps d'y penser... Elle décida de faire confiance à sa mère et de lui révéler l'existence du dragon des mers. La véracité de cette histoire était cependant difficile à croire... « Pourvu que mère ne pense pas que je me moque d'elle ! »

L'aspirante fit un récit détaillé à la souveraine de ses deux dernières semaines sur terre. Lorsqu'elle lui parla de Neptus, la reine se montra impressionnée, mais nullement surprise, ce qui intrigua Marguerite.

– Je suis heureuse que tu m'aies dit la vérité... dit Una. Néanmoins, souviens-toi que Neptus doit absolument rester caché. Il y va de sa sécurité et de la nôtre. Nous ne pouvons donc pas expliquer ton arrivée aux autres de cette façon. Ton idée de prendre un bateau de croisière était excellente. Ce sera la version officielle.

Puis, la reine embrassa tendrement sa fille sur le sommet de la tête et l'incita à aller dormir.

Sa mère connaissait Neptus ? Aïsha lui avait-elle présenté le dragon au cours de l'hiver ? Marguerite eut l'impression que son arrivée à Lénacie était accompagnée de bien des questions...

Ayant regagné sa chambre, elle découvrit, plusieurs lettres de Mobile rangées dans un sac en peau de baleine suspendu à sa coiffeuse. Elle se hâta de s'installer dans son assur et les lut avec avidité une à la suite de l'autre, le cœur battant. Lorsqu'elle eut terminé, elle recommença la lecture de la première à la dernière lettre, passant rapidement sur certains passages ou s'attardant sur d'autres plus longuement. Il était fort tard lorsqu'elle enroula le dernier rouleau d'algues. Elle s'allongea ensuite, ferma les yeux et se remémora les traits du jeune homme. Inconsciemment, elle battit le rythme d'une mélodie d'amour avec sa nageoire caudale, induisant un mouvement de balancier à son hamac. Ses pensées valsèrent à huit mille kilomètres de Lénacie, dans le royaume de Lacatarina, où Mobile rêvait lui aussi à son amour qu'il savait de retour à Lénacie.

Depuis un demi-chant, le chef de la SPAL nageait en rond dans son bureau en battant furieusement de la queue. La colère dominait à nouveau ses émotions.

« Faire écrire cette lettre était une erreur... Il faut que Ruf quitte la cité au plus vite avant qu'on remonte jusqu'à lui et qu'on le fasse parler ! »

Puis ses pensées s'orientèrent vers le couple de syrmains sous ses ordres sur terre.

« Fabrice et Louise ont échoué... Surveiller une adolescente seule et dans une ville inconnue ne devait pas être si compliqué ! Et elle leur a filé entre les mains... Il vaut mieux pour eux qu'ils ne remettent pas les nageoires ici de sitôt ! »

Puis le chef pensa à la reine et un sourire apparut sur son visage.

« Si Una pense que je n'ai pas remarqué ses agents secrets qui fouinent dans le palais, elle se trompe. Elle aura beau chercher, elle ne remontera jamais jusqu'à moi ! Ha ! Ha ! Ha ! »

3

Confidences

Les jours suivants, Marguerite reprit contact avec les habitants de Lénacie et les usages du palais. L'expérience vécue sur le dos de Neptus avait changé quelque chose en elle. Déjà l'été précédent, elle attirait sans effort les dauphins. Maintenant, lorsqu'elle se concentrait, elle voyait à travers leurs yeux. Au début, cela l'avait troublée, mais rapidement, elle trouva amusant de découvrir le monde marin sous un autre point de vue. Par contre, cet exercice était mentalement épuisant et elle dut doser ses incursions dans la tête des mammifères.

C'est avec Ange qu'elle communiquait le mieux. Il ne la quittait presque jamais. Son amour pour Marguerite était inconditionnel et la jeune femme le lui rendait bien.

Les Lénaciens valorisaient et encourageaient beaucoup le tissage de liens étroits entre un sirène et son allié naturel. Aussi, plusieurs souriaient de contentement au passage de l'aspirante et de son protégé dans les rues de Lénacie. Bien sûr, la population ignorait que le véritable allié de Marguerite était le requin et qu'elle le partageait avec son frère. Trois ans plus tôt, les jumeaux avaient décidé de ne pas révéler cette information. L'expérience de la course à la couronne leur avait appris qu'avoir quelques secrets sous les nageoires pouvait être un atout dans certaines circonstances.

Deux jours après son arrivée, Marguerite décida de visiter sa grand-mère Aïsha. Elle désirait parler avec elle des souvenirs qui avaient surgi de sa mémoire. Son aïeule ignorait la vérité sur la mort de ses cinq fils... Comment faire à quelqu'un qu'on aime le récit d'événements aussi funestes ? Voilà ce qui préoccupait Marguerite.

Aïsha accueillit sa petite-fille à bras ouverts, heureuse de la revoir après tout ce temps. Devant des Clubas, les pâtisseries préférées de Marguerite dans l'océan, elle l'interrogea sur son hiver sur terre. Sensible aux états d'âme de sa petite-fille, elle comprit rapidement que quelque chose la dérangeait et elle l'encouragea à se confier. Marguerite lui raconta tout dans un seul souffle.

– Ainsi, c'est en voulant sauver ta vie que mes enfants sont morts, chuchota Aïsha, estomaquée.

– Je suis désolée, grand-mère, répondit la jeune femme, le cœur en miettes.

– Tu n'as pas à l'être, affirma Aïsha en la prenant délicatement par les épaules et en la fixant dans les yeux. Je suis très fière de mes fils. Ils m'ont fait un cadeau magnifique en te sauvant. Je te remercie sincèrement de m'avoir confié ton rêve. Tu me libères de l'incertitude qui me rongeait.

Aïsha étreignit longtemps sa petite-fille. Puis, tout naturellement, elle lui raconta à son tour un de ses souvenirs concernant Mat.

– Un jour, ton père est arrivé à la maison très malheureux... je dirais même passablement paniqué. Il était marié depuis déjà quelques années et vivait au château avec ta mère. « Una est malade, m'a-t-il confié. Je crains que ce ne soit grave. Je ne l'ai jamais vue comme ça, mais elle ne m'en parle pas. Pourtant, je vois bien qu'elle n'est pas bien. Les écailles de sa queue ont foncé et elle n'avale presque plus rien aux repas. Je redoute d'en parler à Usi, nos relations sont assez tendues comme ça. Mère, que dois-je faire ? »

Mon fils était très débrouillard et sûr de lui. Bien que notre relation ait toujours été excellente, rarement il sollicitait aussi directement mon avis. L'amour qu'il portait à ta mère le laissait démuni. J'avais une bonne idée de ce qui se tramait, mais ce n'était pas à moi d'en parler à ton père. Je lui ai donc promis d'aller voir Una le jour même. Que je prenne ses inquiétudes au sérieux l'a rendu encore plus nerveux ! se souvint Aïsha en riant.

« J'étais là quand ta mère lui a envoyé un poisson-messager pour lui demander de la rejoindre. Il est arrivé en catastrophe, mais elle lui a sauté au cou et lui a annoncé qu'elle était enceinte. J'ai bien cru que j'allais exploser de bonheur en même temps qu'eux !

« La joie de Mat était si grande qu'il s'est mis à faire un million de plans pour son petit siréneau, à qui il prévoyait enseigner la communication avec les dauphins.

« Imagine un peu sa réaction lorsqu'un mois plus tard, après la visite d'un guérisseur, Una lui a appris que ce n'était pas un siréneau, mais deux qu'ils attendaient ! Je te jure que je n'ai jamais vu un sirène autant aux petits soins avec une femme ! »

Marguerite passa plus de deux chants avec sa grand-mère à en apprendre davantage sur son père, ses oncles et Koen, son grand-père. Aïsha la surprit en lui racontant qu'après la mort de ses fils, quinze ans plus tôt, elle avait quitté Lénacie sur un coup de tête et entraîné dans son sillage les épouses de deux de ses fils, Anty et Jil, ainsi que leurs trois fils. La jeune syrmain fut heureuse de découvrir qu'elle avait des cousins dans une autre cité. Sa grand-mère promit de les lui présenter sous peu. Elle s'empara alors d'un rouleau d'algues bleues qui trônait sur une étagère et annonça fièrement à Marguerite qu'elle était désormais arrière-grand-mère.

– J'ai eu l'intuition que je devais attendre ton retour avant de partir là-bas avec Neptus, précisa Aïsha. J'en connais maintenant la raison ! Demain, je me mettrai en route pour rendre visite à Jexaed, le plus vieux de mes petits-enfants, dont la femme vient d'accoucher. Je ne devrais pas être absente plus de cinq ou six semaines. J'amène Neptus avec moi autant pour le côté pratique du voyage que par sécurité.

Avec la promesse que son aïeule passerait lui dire au revoir, Marguerite la quitta. À peine avait-elle traversé une des grandes portes principales du château qu'elle tomba nez à nez avec Occare, en pleine discussion avec Hosh. L'ex-aspirante n'avait pas changé. Bien coiffée, sérieuse et attentive, Occare avait tout d'une sirène d'affaires.

— Bonjour Occare ! Que nous vaut le plaisir de ta visite au château ? se renseigna Marguerite.

— J'y travaille, l'informa la jeune femme de vingt ans en serrant chaleureusement son amie dans ses bras.

Grâce à la recommandation d'Una, Occare travaillait au palais avec le trésorier de la couronne, dans un département que dirigeait Usi. La reine avait été favorablement impressionnée par son discours l'été précédent au sujet des finances de Lénacie. Plusieurs idées de l'ex-aspirante méritaient d'être développées, mais elle devait d'abord s'imprégner de la réalité des différentes sphères financières du royaume.

— Dave a choisi de rester sur terre pour quelque temps... Mais sois sans crainte, ajouta Occare devant l'expression inquiète de Marguerite, il s'est bien remis de son accident dans la grotte. Toutefois, il avait décidé depuis longtemps que si nous ne remportions pas les épreuves, il entamerait des études en ingénierie à l'université. Son but est de venir vivre à Lénacie lorsque ses études seront terminées. Dans le dernier rouleau d'algues que j'ai reçu, il me dit, entre autres, qu'il apprendra à faire des ponts. Que peut-il bien vouloir dire ?

Après avoir expliqué à son amie ce qu'était un pont ainsi que l'utilité de cette construction sur terre, Marguerite la quitta et accompagna son frère jusqu'aux appartements de leur mère. Celle-ci les y attendait pour le repas du soir.

– Mes enfants, commença-t-elle lorsqu'ils se furent servi une portion de chair de truite et de salade d'algues rouges, j'aimerais profiter de cette soirée pour vous informer de l'évolution de l'enquête concernant les événements suspects des dernières années.

Hosh hocha la tête d'un air entendu. Visiblement, il était déjà au fait de la situation et attendait d'en connaître les derniers développements.

– L'équipe de détectives que j'ai mise sur pied pour surveiller les agissements de mon jumeau et de ma belle-sœur a repéré plusieurs irrégularités qui ont eu lieu après le début de notre règne.

– Quelle sorte d'irrégularités ? voulut savoir Hosh dont la curiosité venait subitement de s'accroître.

– Des jugements hâtifs sans véritable recherche de preuves, des peines carcérales non respectées, des montants excessifs de perles investis dans des projets douteux...

– On parle de plusieurs fraudes ! s'indigna Marguerite. Personne ne s'en est rendu compte avant ?

– Lorsque nous avons accepté de régner, Usi et moi avons choisi de nous séparer également la responsabilité des différents départements. Nous avions totalement confiance l'un en l'autre et nous avons agi ainsi pour alléger notre travail et la prise de décisions quotidienne. Usi a donc hérité des secteurs des finances, du développement économique du royaume, de la sécurité, de l'environnement et de la justice. J'avais un droit de regard sur les actions de mon jumeau, mais notre entente était la suivante : je ne m'ingérais pas dans ses sphères d'activités et il ne le faisait pas dans les miennes.

– Que vous reste-t-il ? s'enquit Marguerite, qui trouvait que son oncle avait accaparé les secteurs les plus importants.

– Je m'occupe de l'éducation, de la santé, du transport, de l'agriculture, des ressources naturelles, des syrmains et des siréneaux syrmains.

– Avec les récentes découvertes, vous allez reprendre la responsabilité des départements d'Usi ? demanda Hosh à brûle-pourpoint.

– Non. Puisque notre règne s'achève bientôt, je pense que le plus important pour l'instant est de déterrer toutes les irrégularités et de juger les coupables afin que les prochains souverains commencent leur mission dans un royaume sain.

Pour la première fois, leur mère leur parlait vraiment comme à des adultes. Marguerite appréciait ce moment à sa juste valeur. Son cœur se gonflait de fierté au fur et à mesure qu'elle voyait sa mère les considérer dignes de prendre sa relève comme souverains. Tout dans l'attitude d'Una prouvait qu'elle leur accordait sa confiance et l'aspirante voulut au plus profond d'elle-même s'en montrer digne.

– Mes espions ont aussi découvert qu'Alicia quitte souvent le palais le soir, reprit la reine.

– Sait-on où elle se rend ?

– Aucune idée. Elle a toujours réussi à les semer avant d'arriver à destination.

Après l'épidémie au centre de soins, Marguerite avait surpris une conversation entre sa tante et son oncle. Ceux-ci discutaient de leur plan pour éliminer Hosh et elle de la course à la couronne par n'importe quel moyen. Elle avait alors cru à un événement isolé. Maintenant, elle en doutait.

Una fit promettre à ses enfants de ne rien tenter contre le roi. La souveraine tenait autant que possible à maintenir l'unité au sein des dirigeants du royaume.

— Depuis que je travaille avec mon jumeau, ajouta-t-elle, j'ai pu à de nombreuses reprises constater que c'était un bon roi. Il aime sincèrement Lénacie et ses habitants. Est-ce que l'aveuglant attrait du pouvoir est devenu plus fort que tout le reste ? Possible. Néanmoins, je ne veux pas déclarer la guerre à mon frère pour l'instant. Pas avant d'être sûre de sa culpabilité.

Marguerite et Hosh approuvèrent. Tous deux comprenaient très bien la situation. La jeune femme savait que si son jumeau agissait un jour comme Usi, elle aurait beaucoup de difficulté à y croire et à l'accepter elle aussi...

*   *
*

Étendue dans son assur, Marguerite était complètement absorbée par le rouleau d'algues qu'elle écrivait à Mobile. Le prince de Lacatarina lui manquait tellement... Si seulement il pouvait trouver le moyen de venir lui rendre visite au cours de l'été ! Les épreuves qui l'attendaient seraient beaucoup plus faciles à traverser si elle pouvait se réfugier dans les bras de son amour entre chacune d'elles. Mélancolique, Marguerite se leva, fouilla dans son sac de voyage et joignit à son envoi quelques photos d'elle plastifiées.

Dans sa dernière missive, le jeune homme lui assurait qu'il comprenait son emploi du temps chargé. Il insistait tout de même pour qu'elle prenne le temps de venir le voir à Lacatarina à la fin des épreuves, peu importe l'issue. L'espoir de ce voyage donnait des ailes à Marguerite et faisait battre son cœur plus fort. En relisant cette lettre, elle sourit. Son prétendant l'encourageait avec ferveur à vaincre ses cousins et à devenir la souveraine de Lénacie. Marguerite soupçonnait pourtant qu'il souhaitait secrètement qu'elle perde. Si elle remportait les épreuves, pourrait-elle quitter le royaume durant quelques semaines ? Et si elle ne réussissait pas, que ferait-elle ? Poursuivre ses études sur terre comme Dave ? Demeurer ici avec Hosh et sa mère ? En exerçant quel métier ? Aller vivre à Lacatarina ? L'idée de rejoindre Mobile, de l'épouser et de régner à ses côtés ne lui déplaisait pas du tout...

Marguerite trouvait ce tournant de sa vie bien compliqué. Il comportait, pour l'instant, beaucoup trop de choix.

Ayant terminé la rédaction de sa lettre, elle la remit au messager qui assurait sa correspondance avec le prince. Marguerite décida ensuite qu'il était plus que temps qu'elle rende visite à Pascale.

* *
*

Marguerite nageait très haut au-dessus des maisons lénaciennes. En arrivant près de la demeure des parents de son amie, elle vit trois sirènes inconnus en sortir. L'un d'eux remarqua l'aspirante et la fixa longuement. Malgré la distance, Marguerite aurait pu jurer que le corps du sirène s'était raidi, comme si une soudaine colère l'habitait. Prudemment, elle changea sa trajectoire. Elle continua son chemin vers le centre de la cité, en ayant la désagréable impression que le regard du sirène était encore fixé sur elle. L'aspirante n'osait pas se retourner, mais elle sentait qu'on venait de la prendre en chasse. Les battements de son cœur accélérèrent. Ange apparut bientôt comme par magie dans son champ de vision. Cinq autres dauphins se joignirent à lui et la jeune femme eut enfin le courage de se retourner. Rien. Devenait-elle paranoïaque ? Ange lui donna un coup de rostre et lança une série de cliquetis comme s'il se moquait de sa peur. Marguerite sourit.

« Par prudence, nous nagerons tout de même encore un peu avant de nous rendre chez Pascale », décréta-t-elle.

*   *

*

Lorsqu'elle arriva chez Pascale, elle tapota la petite vitre derrière laquelle se trouvait le poisson-sonnette. L'ex-aspirante apparut en un rien de temps et, sans même dire bonjour à Marguerite, elle la tira brutalement à l'intérieur de la maison.

Ce n'est que lorsque la porte d'algues se fut refermée que Pascale serra dans ses bras son amie, qui était plus qu'étonnée par cet accueil singulier. Elle l'entraîna ensuite dans la demeure en forme d'escargot et s'assit en silence à la dernière table du haut, tout près du plafond. Marguerite avait subitement l'impression de jouer dans un film d'espionnage. Elle se retint de questionner son amie sur ce drôle d'accueil, sachant bien que Pascale lui expliquerait tout en temps et lieu. Les parents de la belle sirène étaient absents et les filles s'installèrent confortablement pour parler.

Pascale ne mit pas longtemps avant de confier à Marguerite qu'elle avait eu une année des plus pénibles.

– Après mes aveux concernant notre responsabilité, à Pascal et moi, dans l'accident de Dave et d'Occare, plusieurs sirènes que je croyais être mes amis m'ont tourné le dos. Lorsque j'ai décidé de prendre le blâme sur nos épaules, je me doutais bien que cela aurait de grandes répercussions dans nos vies, mais je t'avoue que je ne m'attendais pas à tout ce qui m'est arrivé depuis !

Pascale raconta à Marguerite qu'elle avait eu beaucoup de difficulté à trouver un endroit où faire ses derniers apprentissages pratiques. Elle aurait aimé œuvrer avec les siréneaux ou les sirènes pauvres, mais personne ne voulait d'elle. Elle avait finalement trouvé une place dans une manufacture d'assurs. Comme elle travaillait bien, ils avaient accepté de la garder comme employée après la fin de ses études. Sa mère et son père aussi avaient eu des problèmes à la suite des choquantes déclarations de leurs enfants. Leur maison avait été la cible de vandales et son père avait été rétrogradé d'un échelon à son travail. Sans parler de son jumeau, qui avait été banni du royaume...

Marguerite se sentait coupable. Elle n'avait rien à voir dans la décision qu'avait prise Pascale, mais c'est grâce à son amie si Hosh et elle s'en étaient sortis indemnes. La sirène à la queue jaune orange avait sacrifié son avenir et celui de son frère pour eux... « Aurait-on pu choisir une autre option ? » se demanda l'aspirante pour une millième fois. Extrêmement embarrassée, la jeune femme orienta la conversation vers un autre sujet.

– Et la SPAL ?

Même si elles étaient seules dans la maison, Pascale se rapprocha de son amie et baissa la voix.

– Te souviens-tu que la Société Pour l'Avancement de Lénacie m'avait invitée à me joindre à ses membres ? Eh bien, continua Pascale sans attendre la réponse, dès que je me suis montrée intéressée, ils m'ont fait passer une initiation. C'était beaucoup moins dangereux que nous l'avions appréhendé avant ton départ, à la fin de l'été dernier. Il s'agissait de remettre dans le plus grand secret une perle noire à cinq sirènes faisant partie de l'organisation. Cela devait être fait dans le plus court délai possible et sans que personne ne s'en rende compte.

« Pour y parvenir, j'ai eu l'idée de cuisiner des Clubas et d'y glisser les perles à l'intérieur. Au cours de la soirée, je me suis présentée à une fête de la SPAL et j'ai pris la parole. En m'inspirant d'un jeu dont mon frère m'avait déjà parlé à propos d'une galette faite pour les rois, je leur ai proposé une variante. J'ai donné des pâtisseries à tout le monde puis, à mon signal, tous devaient mordre dans leur Clubas en même temps. Les cinq personnes ciblées se sont retrouvées avec la perle noire, pensant qu'elles venaient de remporter le grand prix. J'avais réussi ma mission ! J'ai donc été acceptée illico dans l'organisation.

« J'ai su par la suite que ce défi avait pour but de tester ma débrouillardise, ainsi que ma capacité à agir dans le plus grand secret et à mener à terme une mission. Pour gravir les échelons de la SPAL, ces qualités sont essentielles.

« Les responsables m'ont ensuite confiée à un mentor qui devait m'apprendre les principes de la SPAL et de son fonctionnement. Durant un tour de la ville, il m'a fait voir les réalisations de l'organisation. Il m'a aussi parlé des nombreuses autres améliorations que la société comptait apporter à la cité. Tout cela dans l'anonymat le plus complet afin qu'un seul sirène ne s'attire pas la reconnaissance du peuple pour un travail fait en équipe. Au début, tout me semblait très positif au sein de la SPAL. Je pensais les avoir mal jugés. Même lorsqu'ils m'ont demandé un pourcentage de mon salaire dans le but de contribuer à la réussite de leurs beaux projets, j'ai trouvé ça normal. Je voulais vraiment participer, moi aussi. »

« Ça ressemble à une secte », pensa Marguerite.

– Pourtant, tout ne doit pas être rose ! dit-elle à haute voix.

– Après quatre semaines avec mon mentor, poursuivit Pascale en acquiesçant de la tête, on m'a demandé si je voulais gravir le premier échelon de la SPAL. Pour ce faire, je devais leur prouver que j'avais à cœur le bien-être de la cité... On m'a fait comprendre que certains citoyens compromettaient les projets de l'organisation et qu'il était de mon devoir de les empêcher de nuire davantage. On m'a donc demandé d'aller porter un paquet dans une des usines de M. Brooke...

– M. Brooke !? s'exclama Marguerite.

– On m'a donné les plans de l'édifice, avoua Pascale, décrit le système de sécurité et expliqué qu'un des travailleurs de la manufacture m'ouvrirait une des portes d'algues. J'étais très nerveuse, mes écailles tremblaient, mais je m'y suis tout de même rendue. On m'avait avertie : aucun retour en arrière n'était possible. Si je n'y arrivais pas, quelqu'un d'autre s'en chargerait et on veillerait à ce que je garde le silence. La menace était si peu voilée, Marguerite, que j'ai eu peur pour ma vie et celle de ma famille !

– Savais-tu ce que contenait le paquet ?

Pascale fit non de la tête et confia à Marguerite que son désir de faire partie de l'organisation était plus fort que sa crainte de commettre un geste irréparable. Elle avait donc réussi sa mission. Or, la semaine suivante, une mystérieuse bactérie avait détruit tout un chargement de médicaments dédiés à l'exportation vers une autre cité. À la suite de son geste, la jeune sirène avait reçu de nombreuses félicitations pour son courage et elle avait été admise au premier niveau de la SPAL.

– Es-tu parvenue à savoir qui dirige l'organisation ? s'informa Marguerite, suspendue aux lèvres de son amie.

– Impossible ! Les membres composant le deuxième niveau dirigent ceux du premier, les membres du troisième, ceux du deuxième et ainsi de suite. Si un sirène se démarque et est jugé digne de monter un échelon, on le confie à un mentor qui le forme et évalue ses capacités. Le tout se termine invariablement par une épreuve qui, si elle est réussie, permet d'être admis au niveau suivant et d'en découvrir les membres à ce moment-là seulement.

– Et toi, tu es au premier échelon...

– En fait, révéla Pascale, j'ai gravi deux paliers au cours de l'hiver. Je fais donc partie du troisième palier, mais j'ignore combien il y en a au total et le temps que cela me prendra pour en faire l'ascension. J'ai très peur que les gestes que je devrai faire pour progresser dans la SPAL n'augmentent en gravité. D'ailleurs, plus j'avance et plus j'entends parler de ton frère et toi. Je ne veux pas t'effrayer, Marguerite, mais dans ce milieu, être au centre de toutes les conversations n'est pas très rassurant... C'est ce qui me pousse à continuer. Je dois découvrir ce qui se trame contre vous et empêcher la SPAL de vous nuire jusqu'à ce que vous soyez les souverains de Lénacie !

Pascale ajouta qu'ayant beaucoup de temps libre à consacrer à ses nouveaux « amis », elle était devenue en quelque sorte secrétaire pour celui qui dirigeait le troisième niveau. Elle avait ainsi accès à plusieurs documents confidentiels.

– Je te remercie pour toute ta confiance, Pascale, mais tu dois être prudente, l'exhorta Marguerite.

Puis l'aspirante eut une idée de génie. Elle se concentra et quelques minutes plus tard, un dauphin apparut devant la maison de Pascale. Les jeunes femmes ne pouvaient le voir de l'intérieur, mais Marguerite percevait sa présence.

– Ce que je vais te dire va sûrement te paraître bizarre, prévint Marguerite. Je te demande de me croire. Depuis mon arrivée au palais, j'ai découvert que mon pouvoir de communication avec mes alliés a atteint un degré que je n'aurais jamais soupçonné. J'ai fait venir un dauphin par la pensée et il est dehors près de la remise. Je te le confie. Si tu as un problème ou si tu désires me donner des nouvelles, tu n'auras qu'à le toucher et à te concentrer très fort sur ce que tu veux me dire. Mon allié servira d'intermédiaire et, si tout se passe comme prévu, je devrais avoir accès à tes pensées.

Surprise, Pascale acquiesça.

– Les membres de la SPAL se surveillent énormément les uns les autres. Comment vais-je justifier que j'ai un dauphin maintenant ? Ce n'est pas mon allié...

– Dis-leur que ton père t'a promis un char tiré par un dauphin dans quelques mois si tu lui prouves que tu peux bien t'occuper de ton mammifère.

Pascale serra son amie dans ses bras et la fit sortir par la porte de derrière au cas où elles seraient surveillées.

*   *

*

Le lendemain, Pascale occupait encore une très grande place dans les pensées de Marguerite. Tant de choses pouvaient mal tourner pour son amie ! Elle aussi, à sa place, continuerait à vouloir gravir les échelons de l'organisation malgré le danger potentiel. Il y avait anguille sous roche et quelqu'un devait découvrir ce qui se tramait.

Perdue au milieu de ses réflexions, la jeune femme n'était pas du tout attentive à ce qui se passait autour d'elle. À ses côtés, Hosh attira son attention sur Aïsha qui portait un gros sac à dos bombé. L'heure des au revoir venait d'être chantée. Le cœur gros, Marguerite salua la vieille sirène.

– Grand-mère, pourquoi dois-tu partir si vite ?

– Ma petite Sierrad, tu sais bien que je devrais déjà être là-bas. Un premier siréneau, ce n'est pas toujours facile pour la mère. J'ai un rôle de grand-mère et d'arrière-grand-mère à remplir et il me tarde de le jouer. D'ailleurs, ton frère et toi serez très bientôt en route pour Octavy. Que je reste ou que je parte, les épreuves qui vous attendent dans les prochaines semaines se vivront sans moi...

– Tu vas me manquer !

– Mais toi aussi, ma perle d'eau douce !
De même que toi, jeune prince dont je suis si
fière ! dit-elle d'une voix enrouée en ouvrant
les bras.

Marguerite serra Aïsha dans ses bras.
Depuis son arrivée l'été précédent, sa grand-
mère avait été le courant d'eau frais dans sa
vie à Lénacie et sa plus proche confidente lui
manquait déjà.

– Neptus veillera sur elle, lui rappela Hosh
en regardant leur grand-mère s'éloigner.

Cette remarque, au lieu de la soulager,
donna un choc supplémentaire à la jeune
femme. Elle prit soudain conscience qu'elle
perdait deux alliés précieux et non un seul !

*   *
*

Marguerite, une carapace de nourriture
entre les mains, regardait les sirènes qui l'entouraient. Les aspirants au trône étaient tenus de
participer aux soupers officiels. Marguerite
savait qu'il lui restait beaucoup à apprendre
pour gouverner adéquatement le royaume et
que ces repas étaient une excellente source de
renseignements pour y parvenir. Par contre,
converser soir après soir avec des sirènes de

tous les âges n'était pas toujours facile. Se ressaisissant, elle se tourna vers le sirène qui mangeait à côté d'elle.

Elle n'avait pas prononcé un mot complet qu'un puissant craquement se fit entendre. Incrédule, Marguerite vit les parois de la grande salle trembler violemment. Comme pour se protéger, les poissons-lumières descendirent près du sol, plongeant la pièce dans une noirceur presque totale.

4

Un tremblement de terre révélateur

Il y eut un silence de quelques secondes. Personne n'osa esquisser un geste. Puis les sirènes reprirent leurs sens. Les cris fusèrent et tous s'élancèrent en panique vers les portes menant à l'extérieur de la pièce.

Marguerite resta immobile.

– Si nous sommes attaqués, cria-t-elle à son frère, ils se dirigent tous dans la gueule du loup !

Hosh fut surpris par cette idée saugrenue.

– Qui pourrait vouloir nous attaquer ? Dépêche-toi, je t'en prie, je t'expliquerai ce qui se passe lorsque nous serons à l'abri.

Il prit sa jumelle par la main et, au lieu de suivre le mouvement général, se dirigea vers la sortie réservée aux souverains. Personne, à part les gardes chargés de protéger le roi et la reine, n'avait pensé à l'utiliser.

Tous deux parvinrent à l'extérieur et s'éloignèrent rapidement du château. Une seconde secousse fit trembler le sol. L'eau autour d'eux devint saturée de sable pendant que s'effondrait l'arche d'une des portes principales de l'édifice.

Sans se consulter, Marguerite et Hosh firent demi-tour et s'élancèrent vers le palais afin d'aider les sirènes prisonniers. Il fallait faire vite ! Le cœur de la jeune femme battait à tout rompre et l'adrénaline la fit nager à toute vitesse.

Marguerite saisit le coude d'une sirène âgée pour la guider vers un lieu sûr pendant que Hosh transportait dans ses bras un siréneau qui réclamait sa mère. Des sirènes avaient été coincés dans le couloir, bloqués par l'effondrement, et devaient trouver une autre issue pour sortir du palais. Tout le monde s'entraidait, car une troisième explosion était toujours possible.

Ange rejoignit sa maîtresse et l'aida à secourir des gens. Grâce à son sonar, le dauphin pouvait guider facilement Marguerite vers les sirènes qui avaient besoin d'aide. Ils accomplissaient leur troisième aller-retour entre le château et la zone sécurisée lorsque l'aspirante entendit Jack et Jessie exiger d'un garde qu'il reste à proximité d'eux pour les protéger. « Non seulement ils ne bougent pas d'une écaille, alors qu'ils n'ont aucune égratignure, mais en plus, ils requièrent la présence d'une personne utile au peuple ! Quelle lâcheté et quel égoïsme ! » enragea Marguerite.

Au bout d'un chant, les gardes qui s'étaient portés volontaires pour une mission de sauvetage dans le palais revinrent. Toutes les pièces avaient été visitées et tous les sirènes évacués. Si, au départ, Marguerite avait cru à une attaque ennemie ou à un tremblement de terre, elle fut vite détrompée. Elle apprit qu'il s'agissait en fait d'une éruption de gaz qui avait eu lieu près de la frontière de la cité, du côté du château. Heureusement, les habitations des sirènes situées non loin semblaient intactes.

La reine demanda à tous les Lénaciens qui pouvaient recevoir des résidants du palais pour la nuit de se manifester, le temps de s'assurer que tout danger était écarté.

Un couple offrit à Hosh et à Marguerite de les accueillir dans leur demeure. Leurs hôtes avaient leur propre petite entreprise, dont le bâtiment jouxtait leur domicile. Ils étaient bijoutiers, spécialisés dans la taille d'awata.

Toujours fascinée par les maisons lénaciennes, Marguerite apprécia particulièrement la leur. Plutôt que d'avoir l'apparence arrondie des coquilles d'escargot terrestres, la demeure était de forme conique et construite tout en hauteur afin de faciliter les déplacements de ses habitants. À l'intérieur, les murs étaient couleur rouille et une multitude de poissons-lumières phosphorescents y étaient ancrés un peu partout. Les meubles en verre donnaient l'impression que la pièce était très vaste. Le système d'alarme, composé de huit murènes nageant entre la résidence et l'atelier, plut beaucoup moins à la jeune femme. Surtout lorsqu'elle constata que les animaux pouvaient aller où bon leur semblait !

– Ne vous inquiétez pas, l'exhorta Souika, l'hôtesse, en voyant le mouvement de répulsion de Marguerite. Les murènes sont mes alliés naturels. Jamais elles ne vous attaqueraient sous mon toit sans que je leur en donne l'ordre.

– Lénacie est un des endroits les plus sûrs où vivre dans tous les océans, poursuivit leur hôte, Nic. Cependant, avec l'atelier et la bijouterie, nous n'avions pas le choix de nous équiper d'un système d'alarme très dissuasif.

Au cours du repas qui suivit, Souika et Nic en profitèrent, avec l'aide de Hosh, pour instruire Marguerite sur les tremblements de terre.

La jeune femme apprit que Lénacie était construite tout près de la jonction de deux plaques tectoniques. Leur déplacement provoquait les tremblements de terre. Cela pouvait se produire plusieurs fois dans une seule année ou être espacé de cinq voire dix ans. Impossible de le prédire.

Hosh et Marguerite prirent ensuite congé de leurs nouveaux amis pour quelques heures. Ange apparut presque aussitôt. Il était hors de question que sa maîtresse aille se promener sans lui ! Hosh conduisit sa jumelle par-delà les champs cultivés de la partie nord de Lénacie. Quelle ne fut pas la surprise de la syrmain d'y découvrir un cimetière ! Dans un terrain d'environ sept cent cinquante mètres carrés, le sable recouvrait partiellement plusieurs petits monuments, très semblables à des pierres tombales. Pour avoir déjà participé à une cérémonie d'abysse, Marguerite savait que les Lénaciens n'enterraient pas leurs morts. « À quoi peut bien servir ce terrain ? » s'interrogea-t-elle.

Curieuse, elle descendit en ligne droite et commença à nager au-dessus des morceaux d'épaves, qu'elle avait confondus avec des monuments funéraires tels qu'on en retrouve sur terre. Elle pouvait y lire des mots tels que *USS Cyclops*, *Queen Tudor IV* ou *Piper Comanche*. Ces noms ne lui disaient rien, mais elle avait la désagréable impression de découvrir les restes de tragédies épouvantables. À ses côtés, Hosh gardait le silence.

Marguerite fit le tour du cimetière et s'arrêta net. Elle revint en arrière et lut à nouveau les mots *SS Marine Sulphur Queen* gravés sur une ancre de bateau. Elle était certaine d'avoir déjà entendu ce nom. Elle fouillait dans sa mémoire lorsque Hosh sortit de son mutisme.

– Tu as devant toi la clé du mystère du triangle des Bermudes...

L'aspirante ouvrit grand les yeux de stupéfaction.

– Comme je te l'ai dit plus tôt, des tremblements de terre surviennent à intervalles irréguliers à Lénacie. Ils libèrent toujours un certain pourcentage d'hydrate de méthane, un composé organique naturellement présent dans les fonds marins, expliqua Hosh. Étant donné que la température de l'eau baisse considérablement à cette profondeur, les molécules d'eau présentes dans le gaz gèlent et agissent comme des cages en emprisonnant les molécules de gaz. Dès qu'il y a une faible augmentation de la température, la glace fond et le gaz est libéré en très grande quantité.

La jeune femme apprit donc que si un bateau passe par malchance au-dessus de l'endroit où se produit une éruption, il navigue alors sur de l'eau remplie de particules de gaz et ne flotte plus. Il coule donc à pic. De plus, il suffit d'un faible pourcentage de méthane dans l'air pour étouffer le moteur à piston d'un avion. Ainsi, si un appareil passe à travers une nappe de méthane émanant de la mer, il tombe à coup sûr et coule lui aussi.

Marguerite se demanda si les humains connaissaient ce phénomène. Étant donné qu'il lisait dans les pensées de sa sœur, Hosh poursuivit ses éclaircissements en ce sens.

– Bien que tous les océans renferment une quantité considérable d'hydrate de méthane, la région autour de Lénacie est plus sujette aux éruptions à cause des changements de température de l'eau et des tremblements de terre fréquents. Au milieu du siècle dernier, lorsque la technologie des humains fut suffisamment avancée pour qu'ils commencent leurs incursions dans nos mers, nous nous sommes servis de la disparition de navires et d'avions au-dessus de Lénacie pour dissuader les humains de s'approcher de la cité. Les syrmains sur terre ont donc inventé et fait circuler la légende du triangle des Bermudes. Comme les disparitions d'engins étaient répertoriées depuis le début des années 1800, ce ne fut pas difficile de convaincre les hommes que cet endroit de la planète était le théâtre d'un trou spatio-temporel où des forces mystérieuses pouvaient les transporter dans une autre dimension ou à une autre époque. L'appréhension faisant son chemin, les humains osèrent de moins en moins s'aventurer dans ces eaux et, par le fait même, s'approcher de Lénacie.

« Chaque fois qu'une libération de gaz se produit, on a peur qu'un navire soit touché, car malgré la légende, il y a parfois des hommes pour braver le triangle ou pour essayer d'en découvrir l'origine. Le pire, ce sont ceux qui s'y aventurent à la recherche de trésors... C'est pour cette raison que les sirènes éliminent toutes traces d'épaves en les démontant et en les jetant dans de très profonds ravins où aucun radar ne pourra les détecter. C'est toujours une épreuve stressante, car il faut agir rapidement et sans commettre d'erreurs.

Marguerite n'en revenait pas. « Les sirènes sont à l'origine de cette légende ! » ne cessait-elle de se répéter.

– Il ne reste qu'à espérer que cette fois, aucun navire n'a été perturbé par les émanations, conclut son jumeau.

*   *

*

Un poisson-messager d'une vingtaine de centimètres les attendait à leur maison d'accueil. Marguerite n'avait jamais vu cette variété.

– C'est un requinoi ! se surprit Hosh.

Il lui apprit qu'il y avait très peu de ces poissons dans l'océan. Grâce à des manipulations génétiques, des chercheurs lénaciens avaient réussi à mélanger les gènes d'un poisson-pilote à ceux d'un petit requin. Aussi, si quelqu'un essayait de mettre la main sur un rouleau d'algues transporté par un requinoi alors que le message ne lui était pas adressé, il avait intérêt à faire gaffe à ses doigts !

Marguerite tendit la main vers le requinoi qui tournoyait au-dessus de sa tête en prenant bien soin de laisser ses doigts repliés dans sa paume. « On n'est jamais trop prudent », pensa-t-elle. Le poisson-messager réagit immédiatement et vint se poster à la hauteur des yeux de l'aspirante. Celle-ci put ensuite retirer facilement la missive qui lui était adressée du petit tube attaché autour de la nageoire du requinoi. Elle provenait d'Una. La reine leur annonçait que, compte tenu des circonstances, leur départ pour Octavy était retardé d'une journée et elle leur donnait rendez-vous au milieu de la nuit dans la résidence de l'évaluateur Mac, chez qui elle était hébergée. Le frère et la sœur se regardèrent, songeurs. Que préparait Una ?

*   *
*

Au premier chant de la nuit, ils sortirent en douce. Grâce à Ange et à un de ses compagnons, ils atteignirent rapidement le domicile de l'évaluateur. Une dizaine de sirènes étaient présents, dont Mac et deux dignitaires que Hosh connaissait. Marguerite s'apprêtait à interroger sa mère sur la raison de leur présence lorsque madame de Bourgogne entra. Après l'avoir saluée, Una prit la parole.

— Vous conviendrez avec moi que dans les circonstances, cette explosion est une bénédiction.

Marguerite fronça les sourcils. « Une bénédiction ? Un tunnel s'est effondré dans le château et c'est un miracle que personne n'ait été blessé ! »

La reine poursuivit.

— Voilà quatre mois que nous attendons patiemment de trouver une excuse pour fouiller les édifices jugés en lien étroit avec la SPAL et que nos enquêteurs ont repérés. Demain, dès le premier chant, je m'occuperai donc de déclencher une opération d'envergure sous le prétexte officiel de s'assurer que les bâtiments de Lénacie n'ont pas subi de dommages importants et qu'ils sont toujours sécuritaires pour les habitants.

Una savait que même si son frère était bel et bien impliqué dans cette société secrète, il ne pourrait s'opposer à ces vérifications. Il fallait cependant être très rapide et ne pas laisser aux sirènes soupçonnés le temps de brouiller les pistes. Il fut donc convenu que des agents de confiance seraient envoyés aux endroits ciblés pour la fouille. Ils pénétreraient dans les bâtiments à l'heure exacte où Una annoncerait publiquement les inspections.

C'est ainsi que Marguerite et Hosh assistèrent à leur deuxième réunion stratégique. La première avait eu lieu deux étés auparavant, lorsque Marguerite avait rapporté la conversation entre Alicia et Usi concernant les frolacols et l'épidémie. Les oreilles des jumeaux étaient grandes ouvertes. Ils découvraient l'un comme l'autre la force de caractère de leur mère. Marguerite devait bien s'avouer que jusqu'à présent, elle avait surtout perçu Una comme dépendante de son jumeau, alors que la réalité était tout autre.

* *
*

91

Le lendemain, Marguerite se trouvait aux côtés de sa mère et de Hosh lorsqu'elle vit son oncle s'approcher à grands coups de queue de sa jumelle. Una avait annoncé la vérification des bâtiments publics depuis à peine un quart de chant et Usi, qui se trouvait à ce moment-là dans un autre quartier de la cité, apprit la nouvelle à retardement. Sourcils froncés, le roi mécontent nageait rageusement vers la reine. Les Lénaciens qui se trouvaient sur son chemin s'écartaient, de peur qu'il ne déverse son courroux sur l'un d'eux. Una ne semblait pas le moins du monde impressionnée par l'humeur de son jumeau. Elle savait ce qu'il allait lui dire puisqu'elle s'était en quelque sorte immiscée dans un de ses secteurs d'activités : la sécurité.

Tandis qu'Usi s'apprêtait à prendre la parole, des gardes armés de tridents arrivèrent à grande vitesse sur des chars tirés par des dauphins. L'air sombre, le chef s'approcha des souverains et leur parla à mi-voix.

— Un navire a été touché par l'effet des gaz relâchés après le tremblement de terre, leur apprit gravement le chef de la sécurité. Il a coulé avec tout son équipage à une dizaine de kilomètres seulement de Lénacie. Comme il s'est échoué derrière une colline, la première équipe d'éclaireurs ne l'a pas repéré immédiatement. J'ai bien peur que nous ayons perdu un temps précieux...

« Il a coulé avec tout son équipage... » se répéta Marguerite.

– Je déclare immédiatement l'état d'urgence de catégorie deux, lança le roi au chef des gardes. Dites aux Lénaciens que nous comptons sur eux pour rejoindre immédiatement leur poste.

– Viens ! l'entraîna Hosh, tandis que les sirènes autour d'eux s'éclipsaient en un temps record.

Son frère la mena près d'une des portes principales du château où ils rejoignirent une cinquantaine de sirènes. Hosh expliqua à sa jumelle que la catégorie deux indiquait qu'un danger menaçait les Lénaciens et que tous les habitants aptes au combat devaient se présenter au poste qui leur avait été assigné. Quant à l'état d'urgence de catégorie un, il signifiait que la population était en danger immédiat et que tous devaient s'abriter dans les refuges prévus à cette fin, comme l'été précédent lorsqu'un sous-marin de recherche s'était approché de Lénacie. Finalement, la catégorie trois n'alertait que les gardes entraînés du royaume.

« Octavy devra donc attendre encore un peu... » se dit l'aspirante à la suite de cette annonce.

Rapidement, le responsable du groupe les mena vers la frontière de la cité. Marguerite pouvait voir plusieurs groupes semblables au sien se déplacer dans la même direction. On aurait dit que Lénacie se vidait de tous ses adultes ! Après un quart de chant de nage, l'aspirante aperçut au loin l'épave d'un navire de commerce de vingt mille tonnes.

« C'est ÇA le bateau que nous allons devoir faire disparaître ! Nous en aurons pour des semaines ! » pensa Marguerite, impressionnée par l'ampleur de la tâche.

Les sirènes devaient travailler de concert. Il fallait découper, démonter, transporter et pousser dans un précipice toutes les pièces du navire. Et vite, avant que les humains n'envoient des patrouilles de recherche ! Le triangle des Bermudes était à nouveau à l'œuvre...

Des sirènes munis de tridents découpaient la tôle en morceaux pendant que d'autres les empilaient sur de très gros véhicules sortis spécialement pour l'occasion et que Marguerite n'avait jamais vus. Ces chars étaient tirés par des marlins, des dauphins et des thons de trois mètres. Sans prendre de pause, Hosh faisait jaillir un rayon orangé de son trident et le dirigeait sur le pont du navire depuis plus d'un chant. Quant à Marguerite, elle en était à son huitième aller-retour entre l'épave et le précipice.

Elle interrompit sa nage lorsqu'elle entendit une longue plainte triste qui montait d'un groupe de sirènes. Peu à peu, tous les Lénaciens joignirent leur voix à la leur. La jeune femme connaissait ce chant. Elle l'avait déjà entendu lors d'une cérémonie d'abîme. Son regard se tourna vers l'avant du navire, là où se trouvaient les quartiers de l'équipage. Une procession de sirènes en sortait, transportant derrière eux des civières sur lesquelles reposaient les corps des marins noyés, enveloppés dans des feuilles d'algues. Le temps fut suspendu.

Le cœur serré, la jeune femme reprit son travail en silence. Ses pensées étaient orientées vers les familles des défunts qui, sur terre, ne pourraient pas dire adieu à leur proche. Sans dépouille, le deuil ne se faisait jamais complètement... Les sirènes chantèrent ainsi pendant plus d'un chant, recommandant l'âme des morts à Poséidon, dieu des océans.

Deux jours plus tard, tout avait disparu dans les profondeurs des abysses. Hosh et Marguerite étaient épuisés. Ils aspiraient à un peu de repos en se dirigeant vers le palais, déclaré à nouveau sécuritaire. La tâche avait été colossale.

La seule preuve restante du drame était un morceau de métal sur lequel était peint le nom du navire et qui fut déposé dans le cimetière d'épaves de Lénacie.

5

Une demande inattendue

Le soir même, Una convoqua les responsables des fouilles pour une réunion secrète dans ses appartements personnels. Tous étaient impatients d'entendre les comptes rendus des gardes.

Ninan, un des gardes syrmains du royaume, multipliait les gestes de nervosité et d'impatience depuis son arrivée. De toute évidence, il avait hâte de prendre la parole.

Lorsqu'Una l'interrogea, il dévoila qu'il avait vu un laboratoire secret dans le sous-sol d'un restaurant du quartier Ludo, situé à l'est de la cité.

— J'ai fait semblant de ne rien noter de spécial, mais je peux vous le décrire sans difficulté, avoua-t-il fier de lui. Dans une grande pièce encombrée d'aquariums, de carapaces de tortue et de décorations de toutes sortes se trouve un caisson assez grand pour accueillir un syrmain et une table de travail. Les parois sont en verre très épais et le compartiment peut se fermer hermétiquement à l'aide d'une manivelle qui se trouve au centre de la porte. Un aérodynamo est à l'intérieur, prêt à fonctionner.

– Avez-vous une idée de l'utilité de cette pièce ? interrogea la reine.

– À vrai dire, reprit Ninan, ça ressemblait beaucoup à un caisson de décompression tel qu'on en retrouve dans les sous-marins ou les navettes spatiales. Je crois qu'il est possible de créer un milieu exempt d'eau à cet endroit. Mais dans quel but souhaiterait-on pouvoir travailler à l'air libre ? Ça, je n'en ai aucune idée...

Des souvenirs surgirent dans la tête de Marguerite et elle les transmit mentalement à son jumeau. La jeune femme revit son frère, l'été précédent, ouvrir le cylindre en bois de plioré qu'il avait dérobé dans le bureau d'Usi et qui contenait la fausse carte devant les mener au cristal noir de Langula. Lorsqu'il en avait dévissé le couvercle, ils avaient eu la surprise d'en voir s'échapper des bulles d'air.

Se pouvait-il que la carte ait été dessinée dans ce compartiment avec une encre soluble ? Cela expliquerait que quelques heures plus tard, elle se soit effacée comme par enchantement. Ils avaient enfin des preuves pour appuyer leur théorie du complot !

La reine remercia Ninan et ordonna qu'on garde un œil sur l'Eska. Puis elle donna la parole à Mac. Celui-ci mentionna à Una qu'au milieu de son inspection du centre de la sécurité, une grande sirène au teint blafard et au visage étroit est arrivée inopinément.

— Elle s'est présentée comme étant la responsable du service qui veille sur la barrière de protection, ajouta-t-il. Elle m'a ensuite très poliment refusé l'accès à trois pièces, malgré mon autorisation royale, sous prétexte que ce n'était que des locaux à débarras qui ne pouvaient en aucun cas menacer la stabilité de l'édifice.

— Et qu'avez-vous fait ? questionna la souveraine.

— Je n'ai pas insisté, Majesté. Je ne voulais pas créer d'esclandre et éveiller la méfiance du roi.

— Nous mettrons cette sirène sous haute surveillance pour quelque temps, conclut Una.

Quand tous eurent quitté la réunion, Marguerite réintégra sa chambre, la tête tourbillonnante. Trop d'idées, de suppositions et de soupçons se disputaient la première place dans ses pensées.

*   *
*

Après une nuit passablement agitée, Marguerite fut réveillée par la première sirim de la reine.

– Excusez-moi de vous tirer de votre sommeil, mais votre mère a cru que la réception de ce colis vous ferait plaisir. Elle vous informe également que votre départ pour Octavy aura finalement lieu demain.

Le paquet en question portait les couleurs de Lacatarina et provenait de Mobile. Le rouge monta aux joues de Marguerite et elle eut l'impression que son estomac se remplissait subitement de petites crevettes qui s'agitaient en tous sens. Elle s'empara avec hâte du colis. C'est à peine si elle s'aperçut que la porte d'algues de sa chambre se refermait derrière la servante. Fébrile, la syrmain défit les feuilles d'algues nouées ensemble.

– Que peut bien m'envoyer mon amoureux ? murmura-t-elle pour elle-même.

Elle suspendit instantanément son geste. Ces mots avaient franchi ses lèvres. « Mon amoureux. » Ça sonnait bien. C'était la première fois qu'elle appelait Mobile ainsi et elle décida d'assumer pleinement ses sentiments par rapport au prince.

Elle découvrit un petit boîtier ouvragé à l'intérieur duquel se trouvait une longue broche taillée dans un cristal vert transparent et délicatement ciselé. Marguerite en avait déjà vu de semblables. La plupart des femmes qu'elle croisait en portaient une sur la bretelle gauche de leur kilta. Toutefois, elle ne se rappelait pas en avoir aperçu une aussi belle que celle qu'elle tenait entre ses mains. Elle passa ses doigts sur son relief et imagina Mobile en train de la choisir, de l'acheter et de l'emballer... pour elle !

– Je vais la mettre dès aujourd'hui, décida-t-elle en fouillant parmi ses kiltas pour dénicher celle qui s'agencerait le mieux avec la couleur du bijou.

Parée de la broche, elle sortit se promener. La première personne qu'elle croisa fut son frère.

– Je te conseille de redonner cet objet à sa propriétaire, lui dit-il nonchalamment en pointant le bijou.

Devant l'air surpris et offensé de sa sœur, il ajouta tout en poursuivant son chemin :

– Seules les femmes mariées en portent.

Marguerite se figea et observa pendant de longues minutes la porte d'algues que son frère venait de traverser. Elle était songeuse. Se pouvait-il qu'elle ait reçu sans le savoir une demande en mariage ?!

Elle s'était souvent imaginé la scène. Dans ses rêves, son chevalier était toujours devant elle, un genou au sol, les yeux remplis d'amour, d'admiration et d'espoir. Elle préférait la tradition terrestre et aurait tant aimé que Mobile lui fasse la demande de vive voix. « Autre monde, autres mœurs », se raisonna-t-elle. Un sourire apparut sur son visage. Elle prit conscience de l'importance du moment. Elle venait de recevoir une demande en mariage ! Wow ! Mais que répondre ? OUI ! Un grand, un immense, un gigantesque OUI ! Voilà ce que son cœur lui soufflait. Elle mourait d'envie de ne pas être raisonnable, d'emprunter le correntego et de se réfugier dans les bras de son prince charmant. En plus, elle serait bien accueillie à Lacatarina, elle en était certaine.

Comme elle se trouvait devant la pièce aux dauphins, elle décida d'y entrer. Là, elle se mit à tourner en rond, observant vaguement les murs et ses dessins. Elle s'était toujours sentie bien dans cet endroit que la reine avait fait décorer en souvenir de Mat.

– Papa, je vais me marier ! annonça-t-elle à voix haute.

Le silence qui suivit secoua ses pensées. Au-delà de son amour pour le prince, il y avait la course à la couronne, les Lénaciens et les sentiments qu'elle éprouvait pour son peuple. Pourrait-elle tout abandonner ? Marguerite décida de consulter sa mère. Après tout, elle avait eu à faire un choix semblable, elle aussi. Elle comprendrait peut-être le dilemme de sa fille... Elle retira la broche de sa kilta et la glissa dans le petit sac de cuir de baleine que lui avait offert sa mère à son arrivée et qu'elle portait en bandoulière ce matin-là.

Lorsqu'elle entra dans le petit salon privé d'Una, elle interrompit immédiatement sa nage. À quelques coups de queue, M. Brooke tenait les mains de la reine entre les siennes. Leurs regards étaient soudés et un parfait silence régnait. Marguerite sentit que l'eau autour d'elle était chargée d'ondes romantiques. Elle eut l'impression d'être projetée en plein milieu d'une scène d'amour, comme celles des films à l'eau de rose que sa mère adoptive affectionnait.

Conscient que le charme s'était rompu à l'arrivée de l'aspirante, le sirène d'affaires laissa les mains de la reine, descendit de deux coups de queue et fit une profonde révérence à Una. Il se tourna ensuite vers Marguerite et la salua d'un hochement de tête. Toujours sans prononcer une parole, il prit congé. Una plongea des yeux rêveurs dans ceux de sa fille.

– Lorsque j'étais petite, lui confia-t-elle, l'arrivée des syrmains était une des périodes de l'année qui me fascinait le plus. Ils avaient de si belles couleurs, dorés par les chauds rayons du soleil ! La plupart d'entre eux étaient impressionnés et timides, mais invariablement un ou deux se montraient sûrs d'eux. C'est habituellement vers eux que je me dirigeais lors de la soirée officielle qui soulignait leur accueil dans notre communauté.

« Je me rappelle le jour où Brooke est apparu. J'avais douze ans à l'époque. C'était deux ans avant le retour d'Usi à Lénacie. J'ai tout de suite remarqué ce jeune syrmain. Il se tenait la tête haute en regardant tout un chacun dans les yeux. Nous sommes rapidement devenus amis et je lui ai fait découvrir le royaume. Au cours de ce même été, Brooke, dont l'allié naturel est le dauphin, a commencé à travailler pour le père de Mat. Ton grand-père

Koen avait la responsabilité des dauphins du château et c'est lui qui m'a enseigné à conduire un char tiré par un dauphin.

« Lorsque Mat est arrivé dans la cité, l'année suivante, une amitié est spontanément née entre les deux garçons. Ils sont aussi tombés amoureux de moi tous les deux. Je peux bien t'avouer que je le savais et que la compétition amicale à laquelle ils se livraient me flattait beaucoup. Lequel conduirait mon char, lequel m'aiderait dans un projet ou me ferait rire le premier...

« Un an plus tard, mon jumeau est arrivé et nous nous sommes engagés dans les épreuves d'Alek. Pendant les premières années de notre règne, j'étais très proche de mon frère et il s'inquiétait de mes fréquentations. En fait, dès que nous sommes devenus souverains, il s'est montré méfiant envers tous les sirènes qui m'approchaient à moins de deux mètres. Il était vraiment protecteur et je pense qu'il craignait qu'un sirène ne m'aime que pour mon titre. »

« Ou il ne voulait pas avoir quelqu'un d'autre en travers de son chemin... » songea judicieusement Marguerite.

– Un soir, poursuivit Una, Brooke a pris son courage à deux mains et m'a avoué son amour.

« Ooooohhhh ! » s'extasia silencieusement Marguerite, qui adorait les histoires romantiques.

– Cependant, mon cœur était déjà prisonnier ailleurs depuis un certain temps. Je lui ai avoué ne pas partager ses sentiments et l'ai assuré de mon amitié. Brooke a quitté Lénacie peu de temps après. Je savais qu'il voulait prendre la relève de son grand-père qui avait un petit commerce d'aquapotio. Mais comme il a toujours été un syrmain d'action, il souhaitait davantage que vendre des remèdes aux sirènes malades. Il voulait se lancer dans la recherche et la production de nouveaux médicaments. Étant donné que plus rien ne le retenait à Lénacie, il est parti créer des relations d'affaires et chercher des investisseurs dans les autres royaumes.

Marguerite avait de la peine pour cet homme qu'elle appréciait beaucoup et que sa mère avait repoussé. Il avait dû être blessé, d'autant plus que c'était pour Mat, son meilleur ami, que le cœur d'Una battait.

– Comme tu le sais, j'ai épousé Mat et je n'ai jamais regretté mon choix. Après sa mort, Brooke, en ami, a essayé de revenir dans ma vie. Mais j'étais trop meurtrie par la mort de mon amour et la perte de ma fille. Je repoussais tous ceux qui m'approchaient. Je me consacrais exclusivement à la couronne et à mon fils. Se voyant à nouveau rejeté, il a disparu de ma vie. Je ne l'ai revu que quelques fois, au cours de soupers officiels, durant les quinze années qui ont suivi mon refus. Avec le temps, cela m'a peinée, car son amitié me manquait. Cependant, je ne savais pas trop comment l'aborder. Après tout, je l'avais blessé plus d'une fois.

« Lorsqu'il y a trois ans, Hosh et toi avez sollicité son aide pour votre projet de parc, j'ai saisi l'occasion de renouer des liens avec lui. Fidèle à lui-même, il s'est arrangé pour que je devine facilement qu'il ne m'avait jamais oubliée. »

– Comment ? voulut savoir Marguerite.

– Il a appelé le parc *Doçura*. Ça signifie « douceur », en portugais. C'est le surnom que Brooke m'avait donné lorsque nous étions adolescents.

La reine se tut quelques instants, submergée par ses souvenirs, puis elle reprit.

– Lorsque tu es entrée, tantôt, il venait de m'aviser que le jour où je céderai ma couronne, il me demandera ma main. Il souhaite que j'y réfléchisse jusqu'à ce que le moment soit venu.

Marguerite se rappela que sa mère lui avait déjà mentionné qu'aucun sirène ne pouvait demander un souverain en mariage. C'était à ce dernier de prendre l'initiative. L'aspirante espérait secrètement qu'Una fasse elle-même sa demande à Brooke avant la fin de son règne. Ce serait tellement romantique !

La jeune femme prit un grand trait d'eau de mer et en retira l'oxygène avant de se confier à sa mère au sujet du cadeau de Mobile. Au moment où elle ouvrait la bouche, le responsable de l'emploi du temps de la reine entra dans la pièce et rappela à Una qu'elle était attendue pour sa réunion hebdomadaire avec le responsable des transports.

— Je suis heureuse d'avoir partagé ce précieux moment avec toi, ma fille.

— Moi aussi, Mère, l'assura Marguerite en gardant pour plus tard ses confidences.

Pendant que l'aspirante se dirigeait vers la grande salle où elle espérait trouver Hosh, une vision vint voiler son regard. Elle eut juste le temps de s'engouffrer dans une petite alcôve avant que les images prennent toute la place dans sa tête et la paralysent momentanément. Pascale s'efforçait de lui transmettre les événements de la nuit précédente par le dauphin que lui avait confié Marguerite.

L'ex-aspirante nageait avec trois autres sirènes et toute la bande avait la queue camouflée sous une pâte de deuil.

– Le châtiment auquel tu vas assister t'ouvrira les portes du prochain niveau, lui disait celui qui évoluait à sa droite.

« Un châtiment ? s'étonna Marguerite. Pascale sera-t-elle punie pour quelque chose ?! »

– Il s'agit d'une mission extrêmement importante, renchérit son compagnon, et c'est un grand honneur pour nous et pour toi d'avoir été choisis.

– Le sirène que nous nous apprêtons à rencontrer nous a trahis, révéla le troisième membre du groupe. Et tu sais maintenant à quel point la SPAL exècre les mouchards.

– Nous l'avons accepté parmi nous, nous lui avons fait confiance et nous l'avons traité comme un frère ! reprit le premier sirène d'une voix chargée de colère. Et lui, que fait-il ? Il avertit le syrmain dont nous devions détruire le commerce que nous arrivons. Résultat : trois de nos frères et sœurs ont été blessés. Et pourtant, ce commerce n'a aucune raison d'être puisqu'il nuit au développement de Lénacie !

– Il a mis intentionnellement l'existence de l'organisation en danger, expliqua celui qui se trouvait à la gauche de Pascale, et maintenant, il doit payer de sa vie pour son crime.

Marguerite avala de travers. Ce sirène parlait-il au sens propre ou figuré ?

Pascale arrivait à une vieille demeure en forme d'escargot. Un des sirènes se posta devant l'unique fenêtre de la résidence pendant que les deux autres faisaient signe à Pascale de les suivre vers la porte principale. Juste avant de réveiller le poisson-sonnette, tous trois enfilèrent un masque pour dissimuler leur visage. Quelques secondes après que l'animal eut disparu, la porte d'algues s'ouvrit sur un sirène arborant un large sourire. Ce n'est que lorsque ses yeux aperçurent les masques et les queues couvertes d'une pâte de deuil que ses mains se mirent à trembler.

Comme dans un cauchemar, Marguerite vit les sirènes pénétrer dans la maison et commencer à frapper violemment l'inconnu, pendant que Pascale restait en retrait, spectatrice dégoûtée et impuissante. La dernière image que la jeune femme eut la force de transmettre à Marguerite fut celle du jeune sirène flottant au milieu de sa cuisine, dans une eau rougie.

Marguerite était blanche comme l'écume. Son cerveau n'acceptait tout simplement pas les images d'horreur qu'il venait d'enregistrer. Comment cela était-il possible dans un monde pacifique comme Lénacie ? Comment la si douce Pascale avait-elle fait pour assister à une telle scène sans hurler ? Et la voilà qui faisait exactement ce qui avait été reproché au sirène battu à mort : divulguer de l'information confidentielle à l'ennemi ! Il fallait que son amie se sorte de tout ça et vite !

Marguerite se sentait si démunie. Que pouvait-elle faire ? Que devait-elle faire ? Au moment où elle décida d'aller voir sa mère afin de lui raconter dans quel pétrin Pascale s'était aventurée pour le bien du royaume, un requinoi arriva. Inquiète, la jeune femme prit la missive.

« Je t'en prie, ne dis rien à personne !
Tu mettrais ma vie en danger.
J'ai peur, mais je saurai être prudente.
Ton frère et toi devez régner ! »

Le message n'était pas signé, mais la jeune femme savait qu'il provenait de Pascale. Cette féroce volonté surprenait Marguerite. La force et le courage que démontrait son amie dans l'anonymat la sidéraient ! Elle aussi se devait d'être à la hauteur et tout faire pour remporter la course à la couronne. D'ailleurs, la première épreuve commençait le lendemain...

*   *

*

Après une nuit peuplée de cauchemars, Marguerite se retrouva aux côtés de Hosh, Jack et Jessie. Ils étaient fin prêts pour leur périple à Octavy.

La jeune femme n'avait pas répondu à la demande de Mobile. Perturbée par les images transmises par Pascale, elle avait pris du retard dans ses préparatifs et elle n'avait plus eu le temps de retourner voir la reine avant son départ. Aussi, plutôt que de blesser le prince de Lacatarina par une réponse inappropriée, elle choisit de partir sans lui envoyer de missive.

Une foule se massait près de la frontière de la barrière de protection afin de souligner le départ des quatre aspirants pour leur mission. Aucun garde ne les escorterait. Cela faisait partie de l'épreuve.

Ils savaient qu'ils ne pourraient donc pas parvenir jusqu'à Octavy sans s'entraider. Les relations avec leurs cousins n'ayant jamais été plus tendues qu'en ce moment, Marguerite et

Hosh appréhendaient ce voyage. Connaissant Jack et Jessie, ils allaient devoir rester en permanence sur leurs gardes...

Au cours des journées qui ont suivi l'annonce des évaluateurs concernant l'épreuve à Octavy, Hosh avait insisté pour que sa sœur et lui emploient tous leur temps libre à éplucher la bibliothèque du troisième étage afin d'être le mieux préparés possible. Malheureusement, ils avaient trouvé bien peu de renseignements pertinents sur la petite cité. Depuis qu'il avait appris la destination de l'épreuve, son jumeau avait questionné sans relâche les gardes du royaume qui avaient beaucoup voyagé afin de recueillir des informations sur Octavy et ses habitants. Il avait aussi consulté à plusieurs reprises l'aquarinaire en chef qui lui avait fourni nombre de détails sur les animaux des profondeurs. Le jeune sirène se sentait prêt pour cette aventure et sa confiance rassurait Marguerite, qui regrettait soudain de ne pas l'avoir accompagné davantage dans ses recherches.

Tous les aspirants étaient munis d'un trident ainsi que de deux couteaux glissés dans un étui fait de peau d'épaulard qui ceinturait leur taille. Ils avaient également un sac rempli de matériel divers et de provisions.

– J'ai l'impression d'être un noble guerrier ! lança fièrement Hosh à sa jumelle pendant qu'ils montaient ensemble dans un des deux chars tirés par des marlins.

Ange choisit ce moment pour arriver. Il tenait dans son rostre un poisson mort et le donna à sa maîtresse. Celle-ci flatta son protégé pour le remercier de sa « délicate » attention... Le dauphin trouvait très difficile de la voir partir. Le matin même, il l'avait empêchée pendant près d'un quart de chant de faire ses bagages en sortant de son sac tout ce qu'elle y mettait dès qu'elle lui tournait le dos.

Marguerite et Hosh firent de grands signes de la main aux habitants et, sous le regard inquiet d'Una, traversèrent la barrière de protection. La première demi-journée se passa bien. Les deux véhicules progressaient côte à côte. Jack prenait régulièrement un peu d'avance et Hosh le laissait faire. Marguerite et lui avaient décidé de ne pas se montrer compétitifs pendant le voyage. C'était le meilleur moyen d'assurer leur sécurité. Les enfants d'Una s'aperçurent rapidement que leurs cousins ne s'éloignaient jamais beaucoup de toute façon.

L'après-midi se déroula toutefois dans une atmosphère tendue. Outre les dangers inhérents aux prédateurs de l'océan, les aspirants devaient longer le fond marin pour rejoindre la route qui s'enfoncerait vers la fosse abyssale où habitaient les Octaviens. Mais le terrain était en pente douce ascendante vers la surface. Chemin faisant, ils se rapprochaient donc également des humains.

— Un obstacle droit devant ! décela tout à coup Jessie.

Marguerite ne voyait rien, mais son sens de la vibration donnait raison à sa cousine. Les six sens aux aguets, les jumeaux ralentirent l'allure de leur char.

— Ce sont des navires, affirma Marguerite alors que le bruit des moteurs parvenait à ses oreilles.

Avançant encore, ils découvrirent bientôt, très loin devant eux, un imposant filet de pêche qui leur bloquait le passage. Ce dernier était relié à deux bateaux qui se trouvaient au-dessus de leurs têtes. En scrutant attentivement l'eau, la jeune femme se rendit compte qu'il ne s'agissait pas d'un seul filet, mais de plusieurs, attachés les uns aux autres.

— Je crois qu'on peut le contourner, je ne perçois pas la présence d'humains sous l'eau, dit Jack.

– Allons-y, décida Hosh.

Marguerite était très nerveuse. Même s'il n'y avait pas d'hommes en habit de plongée, les bateaux devaient être munis de radars. Ils décidèrent néanmoins de contourner l'obstacle par la droite. Au bout de près de deux kilomètres, ils ne distinguaient toujours pas la fin de ce mur de filets.

– Essayons de l'autre côté, suggéra Jessie.

Aussitôt dit, aussitôt fait. Après quatre kilomètres, les aspirants se retrouvèrent devant le même constat. Les filets s'étiraient à perte de vue.

– Qu'est-ce que ça signifie ? demanda Hosh, stupéfait.

– Je ne vois qu'une explication, répondit sa sœur. Nous sommes devant une flotte de pêche industrielle.

Marguerite avait déjà entendu parler de ces bateaux de pêche qui faisaient équipe et qui étaient accompagnés de bateaux-usines. Ces gigantesques flottes disposaient d'un matériel de pointe qui leur permettait de repérer les grands bancs de poissons sous la surface. Elles employaient alors des filets qui s'étendaient parfois sur plus de soixante kilomètres et pouvaient rester en mer des semaines, voire des mois entiers, puisque les bateaux-usines leur évitaient de retourner dans les ports pour décharger. En une seule journée, un bateau-usine pouvait saler, surgeler ou transformer des centaines de tonnes de poissons.

— Cette pêche est illégale, précisa Marguerite après leur avoir donné les informations qu'elle détenait.

D'un commun accord, les aspirants décidèrent de s'approcher des filets pour dénicher un espace suffisamment grand qui leur permettrait de passer de l'autre côté et de poursuivre leur route. Ce qu'ils découvrirent alors aurait brisé le cœur de n'importe quel sirène... De petites baleines, des dauphins et des tortues de mer avaient été pris dans les lacis et, incapables de s'en échapper pour aller respirer à la surface, s'étaient noyés. Dans l'eau autour des aspirants, des centaines de poissons jugés trop petits avaient été rejetés à la mer, blessés et terriblement affaiblis.

— Il faut faire quelque chose ! s'insurgea Hosh en colère devant tant de cruauté.

Marguerite sentait que son frère ne voulait plus simplement réussir à traverser... il avait la ferme intention de rendre ces bateaux inopérants.

6

Trahison

Certaine que Jack serait en désaccord avec le risque inhérent à une telle action, Marguerite glissa adroitement :

– Les évaluateurs et la population tout entière de Lénacie salueraient notre bravoure et notre sens du devoir si nous empêchions ces criminels d'agir.

Le regard qu'échangèrent Jack et Jessie lui indiqua que la partie était gagnée. Ils ne continueraient pas leur route avant d'avoir trouvé une solution.

– Nous pourrions éventrer les filets à l'aide de nos tridents, proposa Hosh.

– C'est ça, émit Jack sarcastique. Penses-tu vraiment que les humains ne se demanderont pas ce qui a bien pu endommager leurs filets de cette façon ? Ils vont envoyer des équipes de recherche et on sera fichus. Une industrie comme celle-ci génère des millions de dollars. Elle ne laissera certainement pas son équipement coûteux être brisé sans tenter d'en découvrir la cause. Tôt ou tard, cela représentera un danger pour Lénacie.

– Mon frère a raison, renchérit Jessie. Pour s'éviter tous ces problèmes, il ne faut pas qu'il y ait de survivants. Nous devrions assaillir les humains à l'aide de nos alliés naturels et de nos tridents, et les éliminer en pleine mer : ni vu ni connu !

Marguerite resta un instant bouche bée devant cette suggestion grotesque.

– Nous devrions plutôt rendre inopérant le bateau-usine, dit-elle sans revenir sur la proposition de sa cousine.

– Tu suggères d'attaquer le plus gros de tous ces bateaux ? Et quoi, encore...

– Non, seulement de l'empêcher de faire son travail. S'il ne peut plus congeler les poissons, tous les bateaux devront rentrer rapidement pour ne pas perdre leur cargaison. Ils remonteront leurs filets et feront demi-tour.

Après réflexion, ses cousins admirent que c'était la meilleure suggestion. Restait à trouver comment s'y prendre... En observant de plus près les filets, malgré l'horreur inspirée par la vue de tous ces mammifères morts injustement, les aspirants remarquèrent qu'il s'agissait d'une sorte de filet en forme d'entonnoir, dont le bas, lesté d'une chaîne, traînait sur le sol marin. Ils découvrirent que certaines mailles avaient été brisées de façon naturelle, par différents obstacles jonchant les océans comme des rochers, des épaves ou des conteneurs coulés. Cela leur donna une idée !

Les aspirants convinrent ensemble que Hosh et Jessie, qui contrôlaient très bien leur trident, enverraient à répétition de grosses roches sur la partie des chaluts qui traînait sur le sol. Ainsi alourdis et entravés, les filets feraient tanguer les bateaux et finiraient par se déchirer. S'ils désiraient poursuivre la pêche, les marins n'auraient d'autre choix que d'arrêter la flotte pour prendre le temps de les réparer. Cela devrait créer une diversion suffisamment importante pour permettre à Jack et à Marguerite de grimper à bord du bateau-usine.

Les deux syrmains auraient ensuite la tâche d'atteindre les moteurs et de couper les fils du système de refroidissement. Normalement, celui-ci devrait rapidement surchauffer. La congélation et la conservation des poissons pêchés deviendraient impossibles.

Il fallut plus de deux heures pour que l'attention des marins soit détournée vers la réparation des filets ayant « malencontreusement » été déchirés par des pierres.

Lorsque plus de la moitié de la flotte éprouva des problèmes avec ses filets, le bateau-usine stoppa ses moteurs et jeta l'ancre. Ce fut le signal pour Jack et Marguerite. Ils se dirigèrent vers l'arrière du bateau et entreprirent de monter à bord par l'ouverture servant à remorquer de gros mammifères – comme des baleines – à l'intérieur. C'était un gros risque, parce qu'une fois engagé dans celle-ci, il n'y avait aucun moyen de se cacher. La pente était à pic et débouchait sur le pont du navire. La surface était lisse comme du verre et n'offrait aucune prise.

Marguerite s'y hissa lentement par la seule force de ses bras et attrapa un des grands câbles qui servaient à attacher les mammifères pêchés. Elle serrait entre ses dents le sac de plastique renfermant son paréo, qu'elle avait toujours avec elle lorsqu'elle quittait la cité. Elle remercia Gab mentalement, puis reporta son énergie à tirer son corps toujours un peu plus haut sur la pente glissante. Jack, plus fort qu'elle, avait déjà parcouru la moitié du chemin.

Les muscles des bras de Marguerite brûlaient et les paumes de ses mains étaient en sang. « Je ne tiendrai jamais le coup ! » pensat-elle en grimaçant sous l'effort et la douleur.

Mètre après mètre, elle réussit néanmoins à rejoindre Jack. Sur le pont du bateau, elle constata que son cousin s'était emparé d'un morceau de toile souillée qui traînait par terre afin de se couvrir. En riant secrètement de son malheur, la syrmain revêtit son paréo sous le regard envieux de Jack. Ils rampèrent ensuite jusqu'à une grande poutre de métal pour se cacher. Là, tremblants de peur, ils attendirent que leur queue sèche et se transforme en jambes.

Toutefois, le plus compliqué restait à faire. Ils devaient trouver la salle des machines sans se faire repérer. « Ce n'est pas gagné ! » se dit Marguerite. « Vêtue d'un paréo et d'un haut de bikini, je suis loin de ressembler à un marin typique ! » En passant près d'un canot de sauvetage, elle souleva la bâche qui le recouvrait et en sortit deux imperméables jaunes. Ils cacheraient au moins leur corps et leur âge.

Il fallait parcourir des dizaines de mètres pour parvenir à la salle des commandes et des machines.

– Courons ! l'exhorta Jack.

Marguerite n'était pas convaincue que c'était la meilleure stratégie pour demeurer discrets, mais Jack était déjà parti. Elle suivit son cousin en essayant de rester le plus possible à couvert. La distance à parcourir était considérable et son cœur cognait fort dans sa poitrine. La peur de poser leurs pieds nus sur un objet contondant s'ajoutait au reste. Tout à coup, elle vit Jack s'emmêler les pieds dans un filet de pêche, prendre son envol et atterrir lourdement sur une caisse de bois qui se brisa sous son poids en répandant sur le sol quelques centaines de mousquetons dans un bruit métallique. Le jeune homme se débattait comme un forcené pour libérer ses pieds prisonniers du filet. Il semblait complètement paniqué.

Gardant la tête froide, sa cousine sortit son couteau de son étui et entailla grossièrement le filet à toute vitesse. Elle poussa ensuite Jack entre deux rangées de grosses caisses de bois. Elle eut tout juste le temps de ramasser le filet de pêche et de se glisser à la suite de son cousin : deux marins alertés par le bruit arrivaient.

– Que s'est-il passé ici ? demanda le premier en constatant les dégâts.

– Une caisse a dû tomber.

– Il va nous falloir tout ramasser, à présent, grogna le premier.

Au grand soulagement de Marguerite, les matelots n'eurent même pas l'idée que quelqu'un pouvait l'avoir fait tomber. Elle serrait bien fort le filet de pêche entre ses bras. Heureusement qu'elle avait eu la présence d'esprit de le récupérer, car leurs déductions auraient pu être tout autres ! Aussitôt les hommes partis, les aspirants poursuivirent leur route.

« Un "merci" lui aurait sûrement écorché la gorge », pensa Marguerite, alors que Jack reprenait les devants.

Repérant un plan d'évacuation d'urgence, Marguerite attrapa le bras de son cousin et le lui montra silencieusement. Ils mémorisèrent l'endroit où se trouvait la salle des machines et s'y élancèrent sans hésiter. Chaque minute comptait. Combien de temps la réparation des filets prendrait-elle aux marins ?

Une trentaine de minutes plus tard, Marguerite grinçait des dents sous l'effort. Jack, grimpé sur ses épaules, tentait d'atteindre les fils du système de refroidissement. Il s'échinait à les sectionner avec son couteau. L'aspirante se demandait combien de temps elle pourrait tenir avant que ses jambes cèdent sous le poids de son cousin.

Lorsqu'il eut terminé, Jack sauta par terre sans ménager les épaules de sa cousine.

– C'est bon, les moteurs s'arrêteront d'une seconde à l'autre. Allons-y ! lança-t-il en prenant une fois de plus les devants.

Sur le pas de la porte, il se tourna vers sa cousine en affichant un air angélique.

– Merci ! lui dit-il.

Quelle agréable surprise ! « Tout n'est pas perdu pour lui », pensa spontanément la jeune femme. Au même instant, elle reçut un violent coup de poing sur la mâchoire et s'étala de tout son long sur le plancher. Jack referma la porte derrière lui et poussa le loquet servant à la barrer.

Plongée dans le noir, Marguerite paniqua. Bientôt, le mécanicien arriverait pour inspecter le système de refroidissement en panne. Que pouvait-elle faire ? Il lui était impossible de s'enfuir car il n'y avait aucune autre porte ni fenêtre dans la pièce. Elle n'était couverte que d'un paréo et d'un imperméable volé. Elle n'avait rien dans les pieds. Complètement affolée, elle se cacha rapidement dans un coin de la pièce. « Marguerite, tu es ridicule ! se dit-elle. La première chose qu'on fait en entrant dans une pièce sombre est d'allumer la lumière, alors même accroupie, tu seras complètement visible ! »

Apercevant le moteur rendu inopérant, elle tira de toutes ses forces sur une barre de métal qui servait de conduit. Lorsqu'elle parvint à la détacher, elle s'approcha de la porte. « Si quelqu'un entre, je vais l'assommer et m'enfuir. » Elle tremblait toutefois à cette seule pensée. Et si elle ne frappait pas assez fort ? Ou l'inverse ? Elle pourrait le tuer !

Alors que l'aspirante désespérait de trouver une solution, elle entendit le verrou de la porte qu'on tirait. Celle-ci s'ouvrit à la volée et la lumière s'alluma. Tout se déroula si rapidement que Marguerite n'eut pas le temps d'esquisser un seul geste.

— Tu as trente secondes pour te cacher avant qu'ils n'arrivent, lui dit l'homme qui venait d'entrer.

Marguerite ne connaissait pas cet homme, mais de toute évidence, il était au courant de sa présence sur le bateau. Elle décida donc de lui faire confiance. En quelques secondes, elle quitta la salle des moteurs et se tapit dans une malle de bois située dans l'étroit corridor. Au moment même où elle entendit les pas de son sauveur s'éloigner en vitesse, des voix lui parvinrent du côté opposé.

Recroquevillée, Marguerite avait tout juste de la place pour respirer. Elle tenta de calmer les battements de son cœur. Les minutes s'écoulaient avec une lenteur infinie. Soudain, une onde de terreur foudroya sa tête. Elle commençait à reconnaître facilement les émotions de son jumeau. Elle avait peur, certes, mais pas à ce point-là ! « Que se passe-t-il, Hosh ? » lui demanda-t-elle par télépathie. Aucune réponse ne lui parvint.

Par contre, à quelques pas d'elle, elle entendait parfaitement le mécanicien qui enrageait contre celui qui avait saboté le moteur. L'ordre de retourner vers le continent que cracha sans doute le capitaine ne lui échappa pas non plus. Lorsque plus aucun son ne lui parvint, elle souleva lentement le couvercle de la malle, y laissa son imperméable jaune et rejoignit en catimini la sortie du bâtiment. Elle s'attendait à revoir l'homme qui l'avait aidée, mais il ne se montra pas. Qui était-il ? Un bon Samaritain ?

Dès qu'elle constata que la voie était libre, elle prit son élan, courut jusqu'à la rambarde et se lança dans le vide, souhaitant de toutes ses forces ne pas être tuée par la force de l'impact lorsque son corps toucherait la surface de l'océan. Juste avant qu'elle l'atteigne, une sorte de tourbillon se forma dans l'eau devant elle. Lorsqu'elle y plongea, l'eau absorba la force de son plongeon. Marguerite eut l'impression qu'elle venait de tomber dans un immense bol de gélatine.

Elle donna quelques coups de queue pour s'éloigner au plus vite de la coque du navire et le tourbillon disparut aussi rapidement qu'il s'était formé. Elle observa les environs, surprise par l'étrange phénomène auquel elle venait d'assister. Aucune explication logique ne lui venait en tête. Tout en retirant son paréo, elle se hâta d'appeler mentalement son jumeau qui, cette fois, lui répondit.

Lorsqu'elle l'eut rejoint, Hosh était seul. Pas de cousins en vue. Extrêmement blême, il raconta les événements ayant suivi le départ de Marguerite et de Jack sur le bateau.

– Quelques minutes à peine après votre départ, cinq sirènes sont arrivés dans des chars tirés par des thons. Leur queue était enduite d'une pâte de deuil et leur visage était masqué.

Jessie n'a pas semblé surprise de les voir. Je suis persuadé qu'elle les attendait... C'est probablement pour cette raison que Jack et elle ont si facilement accepté de s'attaquer à la flotte industrielle avec nous. Ensuite, à mots à peine couverts, Jessie a suggéré aux sirènes masqués de se débarrasser de moi.

– PARDON !? s'insurgea Marguerite, partagée entre l'indignation et la colère. Et comment t'en es-tu sorti indemne ?

– J'ai aussitôt empoigné mon trident. Jessie a fait de même. Tu aurais dû voir son sourire mauvais... À te donner froid dans le dos ! Je t'avoue que pendant un instant, j'ai réellement eu peur pour ma vie. Tu as pu toi-même constater à Lacatarina combien elle est douée avec un trident.

Hosh baissa la tête un peu honteux.

– Tandis que nous nous jaugions du regard et que les sirènes nous entouraient en riant, Jack a sauté à l'eau, poursuivit-il. Il a annoncé que tu étais prisonnière sur le bateau, sous ta forme humaine. Le sirène derrière moi m'a alors attaqué d'un coup de trident. J'ai eu l'impression que la peau de mon dos se fendait et que ma colonne vertébrale éclatait. Le choc m'a projeté vers l'avant et j'ai perdu mon arme. Un des sirènes l'a ramassée. Étant donné que tu n'étais plus une menace, ils ont décidé de me laisser la vie sauve. Seul, et à des kilomètres de Lénacie, ils estimaient sûrement que l'océan et ses nombreuses créatures auraient ma peau.

– Sont-ils partis depuis longtemps ? demanda Marguerite afin d'évaluer l'avance de ses cousins.

– Oui. Et en plus, ces mécréants ont pris tous les chars. Ils m'ont aussi confisqué mes armes.

Marguerite lui raconta à son tour ce qui s'était déroulé sur le bateau. Grâce à leur grande détermination, son frère et elle ne s'avouaient pas vaincus, même si Jack et Jessie avaient maintenant une sérieuse longueur d'avance.

Sans char, il leur fallait d'abord trouver comment se rendre à Octavy encore éloignée de six cents kilomètres.

Après un moment de réflexion, Hosh proposa d'appeler Chatania, la petite raie manta qu'ils avaient aidée à naître l'été précédent. Il avait pris soin de la mère et de son petit pendant plus de deux mois avant de les relâcher dans l'océan de l'autre côté de la barrière de protection de Lénacie. Il avait ainsi développé un lien unique, presque paternel, avec Chatania. La raie faisant partie de la grande famille des requins, cette expérience avait également permis au jeune homme d'améliorer son don de communication avec son allié naturel. Par la pensée, en unissant leurs forces, les jumeaux l'appelèrent.

* *
*

Lorsque Chatania arriva enfin, elle était accompagnée de sa mère et de deux autres raies. Rejoindre les jumeaux leur avait pris plusieurs heures et depuis, la flotte de bateaux avait remonté ses filets et voguait déjà vers les côtes. Marguerite eut la surprise de constater que l'animal avait doublé de taille. Elle devait facilement atteindre trois mètres d'envergure ! Hosh se hâta de lui caresser le dos et de lui formuler leur demande. En signe d'acceptation la raie replia le bout de ses deux longues nageoires, semblables à des ailes, vers le centre de son dos. Hosh s'accrocha à elle pendant que Marguerite prenait place sur le dos de la mère. Cela lui rappela plusieurs souvenirs et spontanément, elle transmit une vague de calme au poisson comme elle l'avait si souvent fait lors de la naissance de Chatania.

Plusieurs heures plus tard, ils atteignirent l'entrée de la fosse dans laquelle les Octaviens vivaient. Les jumeaux décidèrent de se reposer pendant que leurs amis marins montaient la garde. Il serait amplement temps de se remettre en route le lendemain matin.

*   *
*

Marguerite observait la fosse d'un œil inquiet. Il faisait si noir à l'intérieur ! « Je dois être folle de me jeter là-dedans ! Qu'est-ce que je ne ferais pas pour cette course à la couronne... » pensa-t-elle pour la énième fois.

« J'ai pourtant deux autres options fantastiques qui s'offrent à moi. Sur terre, j'ai des parents qui m'adorent et un fabuleux éventail de possibilités. À Lacatarina, Mobile ne demande qu'à m'épouser. Et moi, j'ai la bonne idée de choisir la troisième option, la plus dangereuse et la plus incertaine ! Je dois certainement avoir quelques anguilles qui nagent dans ma tête ! »

– Prête ? lui lança Hosh avec bonne humeur en arrivant à sa hauteur.

Les jumeaux remercièrent les raies et s'élancèrent dans la noirceur de la fosse abyssale. Pour s'orienter, ils avaient en leur possession un des deux médaillons mauves remis à leur départ de Lénacie – l'autre ayant été pris à Hosh par les sirènes masqués. Aussi longtemps que l'objet ne rougissait pas, ils étaient sur la bonne route.

Les enfants d'Una nagèrent pendant des heures avant de s'octroyer une pause. N'ayant plus que les maigres provisions de Marguerite, ils seraient sans nourriture dans un ou deux jours maximum. Ce problème, additionné à la noirceur totale, l'énorme pression de l'eau et le froid qui s'intensifiait pesaient sur leur moral.

À tour de rôle, les aspirants étaient convaincus qu'ils ne parviendraient jamais à Octavy et envisagèrent sérieusement de laisser tomber. Leur amour pour Lénacie était cependant si fort que, chaque fois, ils arrivaient à puiser en eux ou dans les encouragements de l'autre des réserves supplémentaires d'énergie.

À l'aube du troisième jour, ils mangèrent leurs derniers aliments. Ils s'affaibliraient rapidement et craignaient de ne plus avoir la force de se défendre. Dans cette noirceur, la peur d'être surpris par un prédateur était constante. Même si leurs yeux s'étaient légèrement adaptés, ils ne voyaient pas à plus de deux ou trois mètres devant eux.

— Je n'en peux plus, laissa finalement échapper Marguerite, à bout de forces. J'ai froid, j'ai faim et je suis morte de peur.

Les doigts gelés de Marguerite étaient si douloureux qu'elle ressentait des élancements déchirants jusque dans les coudes. De plus, l'eau glaciale qu'elle filtrait avec ses branchies pour en retirer l'oxygène provoquait des frissons atroces et insoutenables le long de son épine dorsale. La pression de l'eau à cette profondeur était difficile à supporter pour la jeune femme et tous ses muscles se rebellaient au moindre effort. Hosh, pour sa part, n'éprouvait pas les mêmes difficultés à se mouvoir que sa sœur. Sa constitution de sirène et le fait qu'il ait toujours vécu au fond de l'océan constituaient des atouts majeurs pour lui..

Son jumeau lui prit la main et la serra très doucement. Marguerite entendit une mélodie envahir son esprit. Son frère chantait pour elle en syrius, la langue des sirènes ! Sur terre, bien peu d'hommes de sa connaissance auraient osé se laisser aller de la sorte. Pourtant, ce chant était un excellent motivateur. Les paroles racontaient l'histoire d'un jeune homme qui, pour sauver son peuple, devait combattre mille dangers. Cela donna un petit regain d'énergie à sa sœur, qui reprit sa nage le cœur rempli d'une nouvelle force insoupçonnée.

7

Octavy

Il leur fallut quatre jours pour parvenir à Octavy. La cité était aménagée en étages sur les flancs d'une immense cheminée hydrother-male. Une fumée noire et dense s'échappait du cratère. N'eussent été les sirènes qui se pressaient autour d'eux et l'océan où ils se trouvaient, Marguerite se serait crue dans une vieille cité inca abandonnée, comme celles de la cordillère des Andes. Les maisons, faites de pierres super-posées et concentrées sur trois paliers, étaient reliées par des passages semblables à des ruelles. Aucune ne disposait d'une cour, aussi petite soit-elle. Les champs de culture étaient rassem-blés sur le palier le plus bas. La jeune femme constata qu'aucun mur de protection ne sur-plombait Octavy.

Marguerite et Hosh furent davantage frappés par la température élevée de l'eau à proximité de la cheminée et par l'apparence de leurs hôtes que par le paysage. Les Octaviens étaient des êtres de petite taille à la peau foncée et très épaisse. Au cours des siècles, leur physionomie semblait s'être adaptée à la pression de l'eau à cette profondeur ainsi qu'au froid qui les assaillait dès qu'ils s'éloignaient de la cité. Les écailles de la queue de tous les habitants étaient blanches avec différentes nuances de gris.

Les Octaviens formèrent lentement une haie d'honneur et accueillirent les visiteurs... dans le plus grand silence ! Des dizaines de paires d'yeux les fixaient froidement, sans exprimer la moindre expression. Personne ne se présenta officiellement. Nul doute, les jumeaux n'étaient pas les bienvenus.

Au bout de la procession d'Octaviens, une vieille sirène les attendait. Elle conduisit les jumeaux dans une maison exiguë où on leur servit – toujours en silence – plusieurs mets qu'ils ne connaissaient pas dans une multitude de carapaces de crabes translucides. Marguerite et Hosh ne savaient pas trop comment réagir devant cet accueil troublant. Leur corps rompu assimilait lentement le changement de température et leur cerveau reprenait du service. Littéralement affamés, ils firent honneur au repas jusqu'à ce qu'un sirène entre dans la pièce.

Ce dernier se présenta comme étant un guérisseur venu les examiner. Plus petit que Marguerite, ses longs cheveux noirs contrastaient avec sa queue blanche. Il portait une dizaine de colliers au bout desquels pendaient des fioles de différentes grosseurs. Autour de sa taille, on pouvait compter autant de sacoches. « C'est à croire qu'il traîne tous ses remèdes avec lui ! » pensa la syrmain.

– Je constate, dit-il en syrius, que vous avez été beaucoup plus chanceux que les deux autres Lénaciens arrivés hier...

Malgré le brouillard de fatigue qui obscurcissait ses pensées, Marguerite déduisit qu'il était question de ses cousins. Pourtant, ils avaient pris beaucoup d'avance grâce à la traîtrise de Jack...

– Ils n'ont pas eu de chance, continua le guérisseur. Être attaqué par un cachalot et deux chauliodus dans la même journée, c'est rare !

La jeune femme ne savait pas ce que pouvait bien être la deuxième bête mentionnée par le guérisseur. Hosh, qui flottait à quelques coups de queue d'elle, eut par contre un sourire de satisfaction.

L'homme finit d'ausculter Marguerite. Il diagnostiqua une engelure sur deux des doigts de sa main gauche et une autre sur le bas de sa nageoire caudale. À cet endroit, le froid avait provoqué une longue crevasse violacée et douloureuse. Il lui remit une pommade pour soulager son mal et lui conseilla de se reposer et de manger autant que possible.

* *
*

Le lendemain, au cours de l'après-midi, Marguerite et Hosh s'estimèrent suffisamment remis pour aller présenter leurs hommages au chef de la communauté, un dénommé Frish. En chemin, la syrmain fit remarquer à son frère la multitude de petites cages suspendues au bout de cordes d'algues tressées et qui illuminaient leur route. Ils montèrent d'un coup de queue pour observer ce qui se trouvait à l'intérieur.

– Des baudroies abyssales, murmura Hosh, les yeux écarquillés. Je n'ai jamais eu la chance d'observer ce poisson en chair et en os.

Long de seulement une douzaine de centimètres, le poisson avait tout de même une apparence terrifiante. Sa grande bouche, équipée de dents acérées, était assurément celle d'un prédateur. La lumière qui les éclairait provenait d'un globe lumineux situé au-dessus de sa tête et retenu à son corps par ce qui semblait être un mince fil de pêche.

Rendus chez le chef du clan, ils tombèrent nez à nez avec Jack et Jessie, qui les avaient devancés. « Ils ont dû apprendre que nous étions arrivés hier », pensa Marguerite.

Jack salua sa cousine d'un large sourire, comme si rien ne s'était passé sur le bateau-usine. Jessie interrompit sa conversation avec le souverain des Octaviens et se contenta d'un signe de tête dans leur direction. Hosh avait visiblement de la difficulté à cacher son animosité envers ses cousins. La veille, tous deux s'étaient entendus : ils ne créeraient pas d'esclandre à Octavy. Par contre, ils considéraient dorénavant officiellement les J et J comme des ennemis dangereux et aucune chance ne leur serait donnée, peu importe la situation.

Se concentrant sur leur mission, les jumeaux conversèrent eux aussi avec Frish. Celui-ci devait avoir environ quarante ans. Il était petit et trapu. Il se dégageait de lui une grande force. La façon dont il tenait ses mains croisées sur son ventre – mains qui devaient bien faire deux fois celles de Marguerite – et ses yeux perçants prédisaient un caractère autoritaire et peut-être même violent, à certaines occasions.

Avant de quitter Lénacie, les aspirants avaient été prévenus qu'ils ne devaient pas présenter leur requête d'entrée de jeu. Chez les

Octaviens, la politesse exigeait qu'ils laissent s'écouler au moins une journée ou deux avant de demander quoi que ce soit à leurs hôtes. Idéalement, il était même souhaitable que ce soit une semaine, mais ce n'était pas envisageable dans le cadre restreint de la course à la couronne. Les jumeaux transmirent donc les dernières nouvelles de leur royaume et s'informèrent de la santé des membres de la famille du chef du clan.

Lorsque tout le protocole de politesse fut bien rempli, Frish proposa aux aspirants une visite de son royaume. Aucun d'eux n'ayant porté une grande attention à la cité à leur arrivée, ils acceptèrent avec joie. Loin de l'univers pauvre et désertique attendu, ils trouvèrent plutôt une véritable oasis grouillante de vie, autour de la cheminée hydrothermale.

Le chef leur apprit que ce gigantesque amas rocheux, semblable à un volcan, était apparu à la suite d'un déplacement des plaques tectoniques. Depuis, la cheminée éjectait en permanence de l'eau avoisinant une température de quatre cents degrés Celsius, et ce, jusqu'à cinq kilomètres au-dessus de la cité. L'eau bouillante ainsi expulsée atteignait une température viable au niveau du sol. L'impact sur l'environnement était spectaculaire et cela permettait aux Octaviens de s'adonner à l'agriculture et à l'élevage : des centaines de crabes et de crevettes rampaient dans des enclos, des poissons étranges évoluaient au milieu des vers tubicoles et des moules ainsi que des palourdes étaient incrustées dans les roches.

Fait encore plus surprenant, les Octaviens cultivaient des algues et des coraux orangés. Marguerite avait toujours cru que, sans soleil, la photosynthèse ne pouvait s'effectuer. Logiquement, aucune vie n'aurait été possible ici. Pourtant, Octavy lui prouvait le contraire : une vie animale et végétale s'y développait indépendamment de l'énergie solaire.

– Le seul inconvénient, leur apprit Frish, c'est qu'il nous faut déménager tous les quatre-vingts ans environ, car les cheminées s'éteignent au bout d'un certain temps.

« Comme la plupart des volcans sur terre... » pensa Marguerite.

– Lorsque la température de l'eau commence à chuter dans la cité, nous préparons notre déménagement. Une équipe de spécialistes surveille constamment les cheminées actives sur des kilomètres à la ronde à la recherche du prochain site qui pourra nous convenir. Leur travail est d'autant plus difficile que la plupart des cheminées hydrothermales ne dépassent pas trois cents mètres de haut, ce qui n'est pas suffisant pour accueillir tout notre peuple.

« Comment peut-on choisir de vivre dans des conditions aussi extrêmes ? » demanda mentalement Hosh à sa sœur.

*   *
*

Cette instructive visite fut suivie d'une grande fête, mais aussi d'une nuit très agitée pour Marguerite. La jeune femme ne se sentait pas totalement en sécurité dans cette cité où aucune barrière de protection ne la préservait des prédateurs. Le fait d'avoir croisé la route d'un ver de plus de deux mètres juste avant de se glisser dans son assur ne l'aida pas à trouver un sommeil calme et réparateur.

Le lendemain matin, Marguerite et Jessie exposèrent simultanément leur demande au chef octavien. Celui-ci leur apprit que pour avoir accès à la plante médicinale, il fallait devenir membre de leur communauté.

– Et comment pouvons-nous mériter cet honneur ? interrogea Jessie, mielleuse, en exécutant une révérence.

« Un peu plus et elle battait des cils ! » soupira Marguerite avec exaspération.

– Pour faire partie de notre communauté, répondit Frish, vous devez réussir notre rite initiatique. Celui-ci se divise en trois : chasser avec nos chasseurs, cueillir une algue violette et vivre un an parmi nous...

« Un an ! » s'étrangla Marguerite pendant que Jessie peinait à garder son sourire.

– De jeunes guerriers se préparent justement à partir cueillir l'algue pour leur initiation, leur annonça le dirigeant. Vous pourrez vous joindre à eux... après avoir participé à la chasse prévue dans deux jours, évidemment.

Les deux cousines remercièrent le chef du clan et, chacune de leur côté, rejoignirent leur jumeau.

Hosh était aussi découragé que sa sœur.

– Si les évaluateurs nous ont envoyés à Octavy, émit Marguerite, c'est qu'il doit exister un moyen de contourner la dernière condition du rite.

Mais lequel ? Après réflexion, ils décidèrent de remplir d'abord les deux premières exigences et de continuer à chercher une solution pour esquiver la troisième. Ensemble, ils se rendirent auprès du chef du clan et lui annoncèrent qu'ils désiraient prendre part au rite. Dans la soirée, ils apprirent que Jack et Jessie avaient pris la même décision.

Frish les informa que s'ils le souhaitaient, un seul jumeau par couple pouvait concourir pour le compte des deux. Ce privilège leur était accordé uniquement parce qu'ils étaient des aspirants à la couronne de Lénacie.

C'est ainsi qu'à peine quatre jours après leur arrivée, Hosh et Jessie se préparaient déjà à accompagner les chasseurs d'Octavy. À cette profondeur, la pression était si forte que Jack et Marguerite ne parvenaient pas à se mouvoir rapidement et s'épuisaient vite. Leur jumeau respectif, dont les organes internes étaient adaptés à la vie dans l'océan depuis leur naissance, s'en trouvait favorisé.

– Tu sembles bien confiant, mon cousin, lança Jessie à Hosh juste avant le départ.

– Je suis un bon chasseur, répondit le jumeau de Marguerite en faisant rougir les dents du trident qu'un chasseur lui avait prêté.

– Un accident est si vite arrivé... laissa sous-entendre la jeune femme à la queue noire.

– Au moins, nous avons la certitude de ne pas être inquiétés par les calmars géants puisqu'ils sont tes alliés naturels, assura Hosh d'une voix suffisamment forte pour que les autres chasseurs l'entendent.

Marguerite vit Jessie blêmir. Elle n'avait à l'évidence pas anticipé une telle remarque. Son regard se remplit de haine et sa respiration s'accéléra. Poséidon seul sait ce que leur cousine avait prévu faire pour gagner le respect et l'admiration des Octaviens, mais visiblement, ses plans venaient subitement de changer.

Après avoir salué le départ des chasseurs, armés de longues perches pointues et de quelques tridents, Marguerite alla s'enfermer dans la petite maison qu'elle partageait avec Hosh. Elle souhaitait autant que possible suivre la chasse de façon télépathique avec son frère et, pour ce faire, elle devait s'isoler et se concentrer.

De nombreuses espèces sous-marines remontaient vers la surface la nuit pour se nourrir. Certaines, comme le poisson-lanterne, mettaient même trois heures pour parcourir, chaque soir, quelque mille six cents mètres ! Les chasseurs attendaient ce moment pour tendre une embuscade, cachés dans une fissure de la falaise abyssale. Toutefois, ils ne s'éloignaient jamais trop de la cité afin de faciliter le retour avec leur proie.

Un des sirènes avait dit à Hosh qu'ils essaieraient de prendre en filature un cachalot. L'ampleur du défi que cela représentait rendait l'aspirant nerveux.

Après deux chants de nage sur place, ils virent s'approcher un requin-baleine long de près de douze mètres. Hosh constata que les guerriers se préparaient pour l'offensive. Jamais l'aspirant ne parviendrait à tuer un de ses alliés naturels !

« Oh non ! » murmura Marguerite qui ressentit la forte appréhension de son jumeau et établit aussitôt une connexion télépathique avec lui.

Hosh n'osait pas s'interposer. Il ne voulait pas mettre leur mission à Octavy en péril.

« Va-t'en ! » cria-t-il au requin-baleine en pensée. Découragé, il observa la bête de vingt-cinq tonnes continuer à nager vers eux. Il sentit le puissant lien qui l'unissait à elle et prit sa décision...

– Nous ne pouvons pas l'attaquer ! annonça-t-il aux deux Octaviens qui se trouvaient à côté de lui.

– Tu as peur ? répliqua Jessie en riant. Tu vas voir, ce n'est pas si difficile.

– Tu sais très bien que ce n'est pas ça ! ragea Hosh devant l'air suffisant de sa cousine.

Marguerite pouvait sentir la colère de son frère l'envahir. Alors que celui-ci ouvrait la bouche pour émettre une seconde objection et préciser qu'il s'agissait de son allié, Jessie lança :

– Tous ensemble ! Allons-y ! À l'attaque !

Les chasseurs, qui n'attendaient qu'un ordre, ne firent pas la différence entre celui provenant de la fille d'un roi et celui de leur commandant. Ils s'élancèrent et, sous les yeux horrifiés de Hosh, projetèrent des rayons de trident sur le requin-baleine. De plus en plus lié mentalement au gigantesque poisson, Hosh se courba de douleur. Sous les encouragements de Jessie, les chasseurs enfoncèrent leurs grandes perches dans les flancs de l'animal. En quelques secondes, l'eau se rougit de sang. Le requin-baleine, être pacifique s'il en est un, ne se défendit pas. À son image, Hosh resta muet et stupéfié. Après un regard victorieux en direction de son cousin, Jessie saisit son trident à deux mains et lança un rayon mortel au poisson. La connexion entre Marguerite et son frère se rompit instantanément.

*   *
*

Marguerite nageait en rond depuis ce qui lui semblait être des heures. Elle avait tenté en vain de rétablir le lien télépathique avec son frère. « Il leur aurait suffi d'attendre quelques minutes supplémentaires pour pêcher un autre poisson ! » ne cessait-elle de se répéter, amère.

« J'arrive », lui transmit finalement son jumeau d'un ton morose. Quelques minutes plus tard, des cris de joie s'échappaient de toutes les demeures d'Octavy.

Les chasseurs étaient revenus avec suffisamment de nourriture pour les sustenter pendant plusieurs semaines. Marguerite, sur le seuil de la petite maison d'invités, ne se mêla pas à l'allégresse générale. Elle observait son frère : mâchoire crispée, dos droit, doigts blanchis par la force avec laquelle il agrippait son trident. Aucun chasseur ne lui portait attention. Ils semblaient même lui tourner le dos et l'éviter. À l'inverse, Jessie était le centre d'intérêt. Saluant les Octaviens d'une main, elle aidait à remorquer de grands quartiers de viande, attachés avec des cordes d'algues.

Hosh se dirigea vers sa sœur et, sans un mot, pénétra dans la résidence. Sa jumelle le suivit et attendit qu'il se confie.

– Je n'ai pas été à la hauteur, murmura-t-il, déçu de lui-même.

Son frère lui tournait le dos, les épaules affaissées. Une profonde onde d'amour fraternel traversa Marguerite. Elle chercha ses mots.

– Personne ne pouvait te demander d'attaquer ton allié naturel. Ça ne se fait pas. Ce n'est pas humain !

Marguerite se mordit la lèvre. Sa dernière remarque était inadéquate. Combien de fois, depuis trois ans, avait-elle pu constater que les sirènes avaient une façon de penser bien différente de celle des humains ? Pour eux, jeter des adolescents dans une fosse pleine de bêtes sanguinaires pour évaluer leur bravoure était normal.

Elle se reprit donc.

– J'ai de la difficulté à croire que ce soit dans les mœurs des Octaviens.

– Ils m'ont offert deux des meilleurs quartiers de viande... les yeux du requin et une de ses nageoires, dit Hosh, des sanglots dans la voix.

Cette révélation horrifia la jeune femme. Qui peut bien vouloir manger les yeux d'un poisson ?!

– Je les ai refusés, Marguerite, avoua-t-il. Je suis désolé ! Tu ne seras sans doute jamais reine de Lénacie, maintenant. Ils me détestent tous...

Refuser sa part de la chasse représentait une grave insulte chez les Octaviens. Marguerite se déplaça de quelques coups de queue, et entoura son jumeau de ses bras.

– Je t'aime de tout mon cœur, Hosh. Je suis très fière d'être ta sœur et je t'assure que tu m'aurais déçue si tu avais agi autrement aujourd'hui.

Il n'en fallut pas plus pour que les épaules de l'aspirant soient secouées de soubresauts. La jeune femme resserra davantage l'étau de ses bras.

* *
*

La première impression de Hosh s'était confirmée : aucun Octavien ne leur adressait la parole. Comme elle seule pouvait le faire, Jessie entretenait ce sentiment de mépris en laissant croire – par quelques remarques innocentes lancées ici et là – que les jumeaux n'avaient pas la cote non plus à Lénacie. Marguerite n'avait jamais ressenti une telle haine pour quelqu'un ! Le rire de sa cousine résonnait en écho dans sa tête et la dégoûtait.

Qu'à cela ne tienne ; il restait deux autres exigences à remplir pour réussir le rite d'initiation et ce n'était pas gagné. Hosh avait retrouvé son aplomb. Il était décidé à aider sa sœur au mieux de ses connaissances pour qu'elle réussisse. Et des connaissances en matière de faune et de flore, il en avait !

Marguerite se préparait donc pour la prochaine étape : cueillir une algue violette. Cette plante particulière n'avait pas besoin de la lumière du soleil pour croître et poussait dans les profondeurs d'une grotte. Hosh expliqua à sa jumelle que le danger inhérent à cette épreuve ne provenait pas de l'algue en tant que telle, mais des piquantitos qui vivaient à proximité. Il s'agissait d'une sorte extrêmement rare de poisson-pierre.

– Ils ne sont pas agressifs, c'est leur invisibilité qui les rend redoutables, lui apprit-il.

Parfaitement adaptés à leur environnement, ils avaient une apparence cauchemardesque. Ils ne mesuraient que trente-cinq centimètres en moyenne et passaient leur journée immobiles sur les rochers.

– C'est de leur aileron dorsal que tu devras te méfier, précisa Hosh. Il comporte treize épines qui renferment un venin. Lorsqu'on appuie malencontreusement la main ou le bout de la queue sur l'une d'elles, elles injectent un poison neurotoxique puissant qui paralyse les muscles et attaque le système nerveux. Outre une douleur atroce, la piqûre peut provoquer la mort. Dans le meilleur des cas, on s'en sort avec de graves troubles musculaires...

« Que c'est réjouissant ! » songea Marguerite. Comme chaque fois que sa vie était menacée, elle eut une pensée pour ses parents adoptifs. Les étés précédents, elle avait toujours eu la conviction que Gaston et Cynthia auraient remué ciel et terre – de même que l'océan en entier – pour la retrouver si elle n'était pas rentrée à temps après son été en mer. Cette fois, cependant, ils s'attendaient à ce qu'elle hérite de la couronne... Ils ne s'inquiéteraient donc pas s'ils restaient sans nouvelles. Marguerite eut subitement l'impression de perdre la dernière sécurité qui lui restait et pourtant, cela lui donna encore plus de cœur au ventre. Il fallait qu'elle réussisse et rapporte cette algue mauve...

Cette expédition était tellement dangereuse que chaque famille d'Octavy comptait au moins un membre qui y avait trouvé la mort. Pour cette raison, le départ des braves était toujours précédé de réjouissances durant lesquelles les futurs initiés disaient adieu à leur famille et à leurs amis.

Deux adolescents du clan seraient de l'expédition avec Jack et Marguerite : Erman, le fils aîné du chef ainsi que Luido, son meilleur ami. Ils désiraient intégrer officiellement la communauté en tant qu'adultes et pour ce faire, ils devaient se soumettre à un rite initiatique semblable à celui des enfants d'Usi et d'Una.

Pendant que certains dansaient en affichant un air assuré et que d'autres pleuraient d'angoisse, Marguerite sentit la peur l'envahir insidieusement. S'il fallait qu'elle échoue ! Elle décida de transmettre un message à Mobile par l'intermédiaire de son frère.

— Si je meurs, lui dicta-t-elle, tu dois me promettre de dire au prince que j'avais considéré très sérieusement sa demande en mariage.

Hosh haussa un sourcil. Sa jumelle ne lui avait pas encore parlé de ce léger détail.

– Assure-lui qu'il est l'homme de ma vie, ajouta Marguerite. Il est courageux, bon et généreux, et il doit continuer sa vie avec le souvenir de mon amour.

Hosh grimaça. Visiblement, il trouvait sa sœur un peu trop mélodramatique ! Mais pour elle, il le ferait...

*   *

*

À des kilomètres de là, un requinoi se fraya un chemin dans un dédale de couloirs jusqu'à une pièce secrète. Il se mit alors à tourner au-dessus de la tête du chef de la SPAL.

– Aaaarrrgggh ! cria celui-ci lorsqu'il posa les yeux sur le message contenu dans le rouleau d'algues. Comment ont-ils pu les laisser se rendre à Octavy ? Ils ne doivent pas en revenir !

Puis, se tournant vers une sirène à la queue noire et au visage blafard, le chef ordonna :

« Fais le nécessaire ! »

*   *

*

Marguerite se tenait à l'entrée de la grotte, qui avait la hauteur de deux sirènes et la largeur de trois. La caverne n'étant située qu'à environ un kilomètre de la cité, presque toute la population était présente pour l'événement. La jeune femme prenait de grands traits d'eau en tentant d'en extraire le maximum d'oxygène. Elle s'était promis de ne pas montrer sa peur aux Octaviens, mais malgré les efforts qu'elle déployait, elle n'y réussissait pas parfaitement. À ses côtés, Jack était blanc comme l'écume. La bravoure n'avait jamais été son fort. Erman et Luido, impassibles, semblaient s'en sortir beaucoup mieux. Depuis son arrivée, Marguerite avait constaté que ce peuple était peu démonstratif.

Hosh lui transmit une vague d'encouragements. Il lui avait donné toutes les informations possibles sur les créatures des profondeurs. Il lui fallait prendre son courage à deux mains.

Couteau de pierre dans la main droite, elle s'élança derrière le fils de Frish. Après avoir pris trois embranchements à gauche, elle parvint au fond de la grotte, les sens en alerte et les muscles tendus. « J'y suis déjà ?! » s'exclama-t-elle pour elle-même. Les adultes avaient-ils sciemment amplifié le danger de cette expédition afin de mettre la hardiesse des jeunes à l'épreuve ? Erman plongea un regard interrogateur dans celui de Marguerite. Il semblait penser la même chose qu'elle.

Un sourire éclaira tout à coup son visage lorsqu'il aperçut un spécimen d'algues violettes, qu'il s'empressa de cueillir. Marguerite l'imita. Elle plaça l'algue dans l'étui de son couteau et reprit le chemin de la sortie. Si le seul obstacle qui restait était de retrouver sa route dans les dédales de la grotte, ce ne serait pas un très gros problème. « Je l'ai ! Tout va bien ! » envoya-t-elle à son jumeau.

Au même moment, un cri de douleur lui parvint. Marguerite rejoignit Erman et remarqua qu'il tenait sa nageoire caudale à deux mains. Tournant la tête vers la droite, elle vit deux yeux globuleux l'observer. Parfaitement camouflé dans la pierre, un piquantito avait élu domicile à cet endroit. Le fils du chef avait dû le toucher d'un coup de queue involontaire. La paralysie de ses membres l'empêchait de nager. Marguerite saisit le jeune homme sous les aisselles pendant que Luido arrivait à toute vitesse. Sans un mot, il souleva la queue de son camarade. Ensemble, ils le transportèrent vers la sortie et l'aspirante envoya un message télépathique à son frère : « Erman est blessé ! »

Les bras ainsi entravés, Marguerite ne pourrait pas se défendre efficacement si un autre prédateur, caché dans la grotte, les attaquait. Elle ne pouvait s'empêcher de garder le ridicule espoir que son cousin trouverait en lui le courage et l'abnégation nécessaires pour les défendre au péril de sa vie. Au lieu de cela, Jack les dépassa nonchalamment et s'élança vers la sortie sans leur prêter main-forte.

– Je vais les prévenir que vous ramenez un blessé, se justifia-t-il.

La colère de l'aspirante en fut décuplée. « Si un prédateur se présente, gare à lui, je saurai bien me défendre moi-même ! » songea-t-elle en sentant une poussée d'adrénaline l'envahir.

Sans le savoir, par sa lâcheté, Jack venait de lui donner toute la force dont elle avait besoin. À ce moment, trois gigantesques murènes surgirent. N'écoutant que son courage, Marguerite lâcha Erman, fonça sur l'animal et lui asséna un coup de couteau. Luido saisit également son arme afin de lui venir en aide. Ils entaillèrent la peau d'une deuxième murène et firent fuir la troisième.

Le cœur battant et les dents serrées, ils reprirent délicatement Erman et continuèrent leur route. Au bout de quelques minutes, ils sortirent enfin de la grotte. Reprenant lentement ses esprits, Marguerite constata qu'un gonflement s'était propagé sur la moitié de la queue blanche d'Erman et qu'une coloration noirâtre était apparue.

Alors que tous baissaient les bras devant l'inévitable mort du jeune sirène inconscient, Marguerite eut un éclair de génie. Elle se souvint d'avoir appris dans un de ses cours de biologie, sur terre, que certains insectes ou poissons, comme les guêpes et les raies, avaient un venin thermolabile. Il perdait donc ses propriétés toxiques lorsqu'il était soumis à une température élevée.

– Je peux peut-être le sauver ! lança-t-elle au père du jeune homme. Hosh, aide-moi à le soulever !

En soutenant chacun un bras du sirène, ils nagèrent le plus vite qu'ils purent vers le haut de la cheminée hydrothermale, sous le regard ébahi des Octaviens. Plus ils montaient, plus Marguerite sentait l'eau se réchauffer. L'aspirante avait l'impression d'être dans un sauna et cela devenait de plus en plus insupportable. L'eau chaude traversait ses branchies et lui brûlait la peau.

– Hosh, ça commence à être dangereux ! lui cria-t-elle.

Son frère s'arrêta et jeta un œil sur la queue d'Erman. Aucune des écailles blanches du jeune homme n'avait changé de couleur depuis leur ascension. Étaient-ils vraiment parvenus à interrompre la progression du venin ? Deux chasseurs d'élite envoyés par le chef arrivèrent près d'eux afin de s'assurer de l'état du jeune homme. Erman respirait laborieusement, mais de façon constante. Les sirènes ne cachèrent pas leur surprise de le voir encore en vie.

– Peut-on le ramener au chef ? demandèrent-ils avec un nouveau respect pour Hosh.

Après quelques minutes d'attente supplémentaires, l'aspirant approuva. Ils reprirent tous le chemin du village. Marguerite et Hosh suivirent les chasseurs jusque dans la maison de Frish, où on les reçut avec admiration.

On les conduisit dans une pièce adjacente à la salle à manger, où le chef les rejoignit quelques instants plus tard.

– Comment se porte votre fils ? demanda immédiatement Marguerite.

– Le guérisseur est abasourdi. Il vient de me confirmer qu'Erman allait s'en sortir.

– Sans séquelles ? s'informa Hosh.

– On ne peut se prononcer tout de suite. Il souffre beaucoup en ce moment, mais ses écailles ont commencé à redevenir blanches. Comment pourrais-je vous remercier ?

Marguerite et Hosh restèrent silencieux quelques instants. Ils savaient tous deux ce qu'ils voulaient, mais pouvaient-ils se permettre cette demande ? Hosh décida de se lancer. Qui ne risque rien n'a rien !

– Nous serions honorés d'être admis comme membres de votre communauté sans attendre le délai d'un an.

Le chef perdit son sourire.

– Vous avez sauvé mon fils et je vous dois énormément pour cela, mais je ne suis pas seulement un père, je suis également le chef des Octaviens... Ceux-ci accepteront difficilement que je vous accorde cet honneur après que vous les ayez insultés comme vous l'avez fait.

– Si vous parlez du fait que mon frère a refusé de tuer son allié naturel et d'en manger, commença Marguerite, sachez que dans notre cité, cela ne se fait tout simplement pas ! C'est inacceptable !

« Il y a toujours bien des limites à tout accepter sans rien dire ! » pensa la jeune femme qui sentait la moutarde lui monter au nez.

– Son allié naturel ? demanda Frish surpris.

Les jumeaux apprirent alors que Jack avait fait croire aux Octaviens que la morue était l'allié naturel de Hosh. Frish s'excusa solennellement au nom de son clan. Une des règles de base de leur communauté consistait à ne pas attaquer l'allié d'un des chasseurs. Elle n'avait pas été respectée à cause d'un grave malentendu.

Sans hésiter davantage, il les accepta en tant que nouveaux Octaviens. Tous deux pourraient rester aussi longtemps qu'ils le désiraient. Toutefois, s'ils souhaitaient quitter immédiatement la cité, Marguerite et Hosh recevraient la plante médicinale attendue, en remerciement pour avoir sauvé la vie de son fils.

– Désirez-vous repartir avec vos cousins ? s'informa le chef, prêt à étendre le privilège aux deux autres aspirants.

Le frère et la sœur ne se consultèrent même pas et, au risque de paraître égoïstes aux yeux de leurs hôtes, déclinèrent poliment l'offre.

– De toute façon, dit Marguerite à Hosh lorsqu'ils eurent regagné leur demeure, je suis persuadée qu'ils trouveront une façon de parvenir à leurs fins bien plus vite que nous le pensons.

– En effet, approuva Hosh sans aucun remords. Et une longueur d'avance dans cette course est plus que la bienvenue !

* *
*

C'est donc avec confiance qu'au petit matin, sous les chants d'applaudissements des Octaviens, les enfants d'Una quittèrent la cité abyssale. Ils n'avaient pas revu leurs charmants cousins depuis les récents événements. « Jack doit faire une indigestion, pensa Marguerite. Il n'est pas à la veille de digérer notre départ ! »

Deux guerriers octaviens les accompagnaient. Ces derniers s'étaient vus confier la mission de reconduire Hosh et Marguerite jusqu'au plateau continental. Ce plateau marquait la fin du territoire octavien et le début du territoire lénacien. La jeune femme se faisait une joie d'atteindre cet endroit. Elle était lasse du froid et de la difficulté qu'elle avait de se mouvoir rapidement comme avant.

Alors qu'ils cheminaient en pleine noirceur, les jumeaux constatèrent à nouveau à quel point leur sens de l'orientation leur faisait défaut. Ils avaient tous deux davantage l'impression qu'ils s'enfonçaient vers les profondeurs de l'océan plutôt que de remonter vers la surface. Marguerite avait de plus en plus de difficulté à extraire l'oxygène de l'eau. Littéralement épuisée, elle devait demander régulièrement aux guerriers de faire des pauses.

Au moment du repas, les gardes proposèrent un pâté à chacun des jumeaux. Marguerite, affamée, mordit à pleines dents dans le sien. Hosh fit de même. Après quelques secondes, une étrange sensation l'enveloppa. Cherchant autour d'elle la source de son malaise, elle s'aperçut que leurs guides souriaient pour la première fois depuis leur départ. Puis, pendant que le sommeil la gagnait sans qu'elle parvienne à y résister, elle demanda :

– Mais... pourquoi ne mangez-vous pas ?

Le sourire des gardes s'élargit.

8

L'épave

Lorsqu'elle ouvrit les yeux, Marguerite constata qu'elle flottait sur le dos et qu'un des guides la traînait à l'aide d'une corde passée sous ses aisselles. La peur s'empara lentement de son cerveau, mais elle bougea le moins possible afin de ne pas leur signaler son réveil.

Tournant légèrement la tête sur le côté, elle vit son frère qui peinait à s'extirper de son sommeil artificiel. Une deuxième émotion, qu'elle commençait à bien connaître, prit le dessus sur la peur : la colère. Que leur voulait-on encore ?!

Alors qu'elle enrageait en se demandant comment ils allaient réussir à se sortir de ce mauvais pas, un fort courant océanique les frappa de plein fouet. Les guerriers intensifièrent leur nage. Toute à sa frustration, Marguerite décida de se redresser et de les affronter, en espérant que le courant s'intensifie au point d'emporter ses agresseurs. Contre toute attente, son souhait se réalisa sur-le-champ.

Le courant devint si puissant que les rôles s'inversèrent. Hosh et elle furent soulevés et tiraient désormais leurs geôliers, qui s'accrochaient aux cordes entravant les jumeaux. Hosh ne mit pas longtemps à réagir. D'un brusque mouvement, il coupa leurs liens avec le couteau caché dans la sacoche qu'il portait à la taille et que les guerriers avaient négligemment omis de lui retirer. Il attrapa la main de sa sœur et nagea de concert avec le courant. Au même moment, le courant marin se scinda en deux et les gardes furent emportés dans des directions opposées.

Dès que les aspirants arrivèrent dans des eaux moins profondes, le courant perdit de l'intensité. Hosh était si agité que Marguerite pouvait suivre ses pensées. Il essayait de comprendre par quel miracle ils avaient faussé compagnie à leurs geôliers, mais aucune explication logique ne lui venait en tête. Il se souvint qu'un phénomène semblable s'était produit l'an dernier, lorsque Neptus avait fait fuir le sous-marin de recherche en créant un vortex d'eau, mais il avait bien d'autres préoccupations pour le moment...

Les aspirants se concentrèrent et parvinrent à entendre faiblement le chant de repérage de Lénacie. Ils prirent donc immédiatement le chemin de la cité. À plusieurs dizaines de kilomètres de leur objectif, Marguerite se figea. Elle recevait un message de prudence du dauphin qu'elle avait confié à Pascale. L'aspirante pouvait presque entendre la voix de son amie. Lorsqu'elle lui avait laissé l'animal, jamais elle n'aurait imaginé que la communication pourrait être si claire et se rendre si loin. En style télégraphique, l'ex-aspirante la prévenait que quelqu'un à Octavy avait pour mission de les empêcher de revenir à Lénacie. « Ton avertissement arrive un peu trop tard », pensa Marguerite. Le message ne s'arrêtait toutefois pas là. Pascale l'avisait également de la présence d'une embuscade sur le chemin du retour.

Malgré sa promesse, Marguerite mit son jumeau au courant des risques qu'avait pris Pascale en intégrant la SPAL et des informations qu'elle lui transmettait depuis. Dès qu'elle eut terminé, Marguerite sentit une bouffée de peur et de colère la submerger. Les émotions de son frère l'envahissaient encore. Il était prêt à frapper sur n'importe quoi. Jugeant son comportement légèrement exagéré, l'aspirante voulut en découvrir la source. Elle se concentra pour plonger plus loin dans la tête de son jumeau.

Un souvenir appartenant à Hosh lui apparut alors clairement.

Pascale pleurait car son frère venait d'être banni du royaume et était retourné vivre à la surface. Hosh tentait de consoler la jeune femme. Il prit la jolie sirène entre ses bras et la berça longuement. Lorsqu'elle leva les yeux vers lui... il l'embrassa. Pascale lui rendit son baiser.

– Tu as embrassé Pascale ! ne put éviter de crier Marguerite.

– Hé ! Je t'interdis de lire dans ma tête ! se fâcha Hosh, très mécontent.

– Je n'y peux rien si tu penses trop fort...

Ce n'était pas la vérité et elle avait fait un effort pour découvrir ce souvenir. Elle s'excusa donc. Les jumeaux devaient apprendre à maîtriser leurs émotions si l'un ne voulait pas que l'autre ait accès à ses pensées et à ses souvenirs les plus intimes.

Après plusieurs minutes de nage silencieuse, Hosh finit par avouer à sa sœur qu'il aimait profondément Pascale depuis très longtemps et qu'il n'acceptait pas qu'elle mette sa sécurité en jeu pour eux. S'il lui arrivait malheur ?! Le souvenir des sirènes masqués était bien présent dans sa mémoire. Il était indéniable que la SPAL était extrêmement dangereuse !

Les aspirants décidèrent de ne pas revenir à Lénacie par les courants habituels, comptant ainsi éviter l'embuscade. Ce faisant, ils prolongeaient leur route d'au moins une journée et demie de nage, mais ils estimaient que le jeu en valait la chandelle. Pour plus de sécurité, ils appelèrent à eux deux grands requins tigres. Peu sélective, cette espèce de requin mangeait à peu près n'importe quoi sans se faire prier. C'était l'animal parfait pour les défendre contre des êtres nuisibles...

Malgré cet atout de taille, ils prenaient soin de se déplacer près du sol marin, ce qui leur évitait d'avoir à surveiller d'éventuels prédateurs au-dessous d'eux.

Soudain, Hosh posa la main sur le bras de sa jumelle.

« Quelqu'un vient ! » l'avertit-il par la pensée.

Marguerite ne percevait pas encore les vibrations qu'avait senties son frère. Tournant la tête de chaque côté dans l'espoir de trouver un abri, elle scrutait l'eau autour d'eux.

« Hosh ! Regarde là-bas ! » dit-elle mentalement en pointant une ombre encastrée dans un vallon entre deux collines. « Est-ce que c'est ce que je crois ? »

« Une épave ! Viens, nous allons pouvoir nous y mettre à l'abri ! » s'exclama l'aspirant, les yeux brillants de soulagement.

Rapidement, les jumeaux s'en approchèrent. Le voilier, couché sur son flanc, devait être long de soixante-dix mètres. La coque en bois n'était pas très profonde et on voyait du premier coup d'œil que c'était un bateau conçu pour la vitesse. Les trois imposants mâts qui ornaient le pont avaient été brisés en plusieurs morceaux. Le frère et la sœur savaient que les épaves, tout comme les grottes, abritaient souvent une grande faune de poissons et de prédateurs marins. Hosh sortit son couteau et le pointa devant lui, prêt à se défendre. Le cœur de Marguerite accéléra lorsqu'elle entra dans la coque du bateau par un trou béant dans le bois pourri.

Au même moment, le sens de la vibration de Marguerite lui confirma l'annonce de son frère. Un petit courant électrique parcourut son épine dorsale alors qu'elle aperçut un char tiré par un marlin passer au loin. Il était moins une !

– Envoyons-leur les requins ! proposa Hosh.

– Tu n'y penses pas ?! s'insurgea sa jumelle. Et si ce sont d'innocents Lénaciens ?

– Un marlin nage infiniment plus rapidement qu'un requin. Ils n'auront aucun mal à s'échapper. Et si ce sont des gens de la SPAL, nous aurons le champ libre.

Marguerite approuva et Hosh ordonna aux requins de prendre en chasse le véhicule de sirènes. Par prudence, les aspirants décidèrent qu'il valait mieux attendre le retour de leurs alliés avant de poursuivre leur route.

– Ce bateau doit dater du XIXe siècle, murmura la jeune femme en observant l'intérieur de l'épave.

Elle avait soudain l'impression d'avoir découvert un trésor inestimable.

Pour passer le temps, Marguerite prit une perche d'acier rouillé et ouvrit les caisses renversées qui jonchaient le sol de la cale du bateau et y jeta un œil.

La plupart des matériaux ou denrées qu'elles contenaient s'étaient désintégrés à la suite de leur long séjour dans l'eau salée. La jeune femme était un peu déçue. Elle avait souhaité découvrir un trésor caché, comme dans les histoires de pirates que son père lui racontait lorsqu'elle était petite.

En déplaçant une nouvelle caisse, l'aspirante retint un cri d'horreur. Un squelette humain était dissimulé derrière. « Il a dû être coincé sous la caisse au moment du naufrage », pensa-t-elle en réprimant un frisson de dégoût. Il y avait une différence énorme entre voir une telle scène dans un film et la voir de ses yeux. La syrmain observait le crâne avec ses orbites creuses et les quelques dents encore présentes, les doigts, les os des jambes et des pieds lorsque son regard fut attiré par un objet dissimulé sous les vêtements en lambeaux du squelette. Elle appela son frère, resté en faction près du trou béant.

Hosh arriva en quelques secondes. Tremblante, Marguerite prit son courage à deux mains et s'empara de la chaîne du collier. Elle essaya ensuite de la glisser par-dessus la tête du squelette. Lorsque le crâne se détacha du squelette et cala jusqu'au sol, la jeune femme sursauta de dégoût. « Voilà de quoi alimenter mes cauchemars durant les trente prochaines années ! » se dit-elle.

La parure était en or massif. Marguerite en vint à la conclusion que si un simple matelot portait un tel ornement sous ses vêtements, cela pouvait signifier que l'équipage ne faisait pas que le transport d'épices et de soieries.

– Il doit y en avoir d'autres, estima-t-elle, en reprenant espoir de découvrir un trésor fabuleux.

Comme elle savait que le capitaine était le maître et seigneur à bord de son bateau, la jeune femme eut l'intuition qu'elle devait chercher de ce côté. Elle entraîna son frère dans son sillage et sortit prudemment du ventre du clipper pour gagner le pont du voilier, où se situait habituellement la cabine du capitaine. Quelques coups de barre de métal dans le bois déjà endommagé de la porte de la cabine furent suffisants pour pouvoir y pénétrer.

Une fois à l'intérieur, Marguerite ouvrit la seule armoire de la pièce, déplaça quelques caisses, ouvrit deux coffres en retenant son souffle chaque fois, mais rien...

– Qu'est-ce que c'est que ça ? demanda son frère en pointant un coin de la pièce.

– Un simple lit, soupira sa sœur.

Tandis que Hosh ouvrait la bouche pour la questionner sur la fonction de ce meuble, une idée traversa l'esprit de Marguerite. Elle saisit la barre d'acier et, sous le regard surpris de son jumeau, souleva les planches du caisson qui constituait la base du lit.

– Ohhh ! laissa-t-elle échapper lorsqu'elle découvrit un coffre en bois cadenassé.

Le cadenas était si rouillé qu'il sauta facilement. Même dans ses rêves les plus fous, Marguerite n'aurait jamais imaginé dénicher un tel trésor. Cela relevait de la fiction ! Le coffre regorgeait de perles, de rubis, d'or et de diamants. Comment une seule personne avait-elle pu amasser une si grande fortune au cours de sa vie ? Et pourquoi l'avait-elle apportée avec elle sur ce voilier plutôt que de la laisser à l'abri sur la terre ferme ?

– Nous sommes riches !! exulta Hosh en prenant dans ses mains deux colliers de grosses perles, la monnaie d'échange officielle à Lénacie.

Il passa les bijoux autour du cou de sa jumelle et la fit valser au bout de ses bras pendant de longues secondes en riant à gorge déployée. Émerveillés, ils se ruèrent à nouveau vers le coffre pour admirer son contenu. Marguerite devint pensive.

– Nous ne pouvons pas rapporter ce trésor à Lénacie, objecta-t-elle. Imagine s'il tombait entre les mains des membres de la SPAL. Une telle fortune leur permettrait de faire du mal à encore plus de gens...

Et puis, il leur restait encore quelques kilomètres à parcourir avant d'arriver à Lénacie. Ils ne pouvaient pas traîner un coffre de cette dimension sur une si longue distance.

– En plus, je ne suis même pas certaine que nous ayons le droit de nous l'approprier...

Après discussion, les jumeaux décidèrent de s'informer auprès de leur mère des lois régissant une découverte comme la leur avant de revenir chercher le trésor. Au retour des requins, les aspirants sortirent le coffre de sa cachette en le tenant chacun par une anse. Ils nagèrent jusqu'à un amas rocheux quelques mètres plus loin. Après que Hosh eut vérifié qu'il n'y avait pas déjà un locataire dans une des cavités, ils y cachèrent leur trésor.

– Ainsi, si un sirène trouve l'épave, il ne repartira pas avec le coffre, conclut Marguerite.

La jeune femme ne retournait cependant pas à Lénacie les mains vides. Elle avait retiré de la malle une chaîne en or au bout de laquelle pendait un médaillon ciselé avec adresse par un maître-orfèvre. Elle comptait l'envoyer à Mobile comme gage de son amour.

*   *

*

Reprenant leur route, les enfants d'Una nagèrent avec une énergie nouvelle. Souriants, ils avaient le cœur plus léger. Marguerite sentait que la chance était avec eux et, pour la première fois, elle voyait vraiment le trône de Lénacie à portée de main. Après trois années d'épreuves, toutes les pièces du gigantesque casse-tête qu'était sa vie au fond de l'océan commençaient à s'emboîter.

À quelques mètres du mur de protection de Lénacie, les aspirants renvoyèrent les requins tigres et traversèrent le dôme. Ils entrèrent par le quartier Sud de la ville, complètement à l'opposé de celui où ils auraient dû pénétrer en revenant d'Octavy. Si un comité d'accueil malveillant les attendait, ils venaient de le déjouer.

Toutefois, ils n'avaient pas fait dix coups de queue au-dessus des habitations lénaciennes que Marguerite fut violemment tirée vers l'arrière et bâillonnée. Sous le regard surpris de Hosh, des sirènes masqués, la queue toujours recouverte d'une pâte de deuil, les encerclèrent. Marguerite mit quelques secondes avant de comprendre pourquoi elle était la seule à avoir été muselée. « Ils ne veulent pas que j'appelle des dauphins ! » Mais ses agresseurs ne connaissaient pas son nouveau pouvoir télépathique... « Merci, Neptus ! »

Elle appela Ange mentalement pendant que son frère essayait de gagner du temps.

— Vous ne pouvez rien contre nous, menaça-t-il. En ce moment même, la reine doit déjà avoir envoyé des gardes pour nous escorter.

Leurs assaillants éclatèrent de rire.

— Encore faudrait-il qu'elle sache que vous êtes revenus d'Octavy ! répliqua un sirène.

Puis, devant le regard surpris des jumeaux, il ajouta :

— Vous pensiez vraiment pouvoir passer la barrière de protection sans que nous nous en rendions compte ? Nous avons des contacts partout... et il est facile de nous arranger pour que votre entrée dans la cité ne soit jamais enregistrée au centre de la sécurité !

– Qu'allez-vous faire de nous ? interrogea vaillamment Hosh.

Tandis qu'un des agresseurs s'apprêtait à répondre, cinq dauphins arrivèrent à grande vitesse. Les mammifères chargèrent les sirènes qui, une fois la surprise passée, se défendirent à coups de couteau. Un véritable combat débuta. Grâce à Ange qui enfonça durement son rostre dans les côtes de celui qui maintenait sa maîtresse prisonnière, Marguerite fut rapidement libérée. Malgré le sang des animaux qui commençait à rougir l'eau, les mammifères attaquaient sans relâche les sirènes masqués. Leurs coups de rostre étaient si puissants que trois des assaillants prirent la fuite, tandis que deux autres perdaient conscience, durement assommés.

En quelques minutes, la bataille était terminée. Ses alliés avaient été si efficaces que Marguerite n'avait même pas eu le temps de réagir et de leur prêter main-forte. Ange se précipita sur la jeune femme en quête d'une caresse. Le cœur de Marguerite se remplit de soulagement en voyant qu'il n'avait pas été blessé. Elle déposa sa main sur son flanc et lui transmit une vague d'amour.

Pendant que Hosh ligotait les deux agresseurs inconscients avec une corde de racine tirée du sac de sa sœur, celle-ci se porta au secours d'un autre dauphin qui, après avoir reçu pas moins de cinq coups de couteau, saignait beaucoup.

– HOSH ! cria-t-elle en sachant pertinemment que son frère serait davantage en mesure d'aider la bête. Viens vite !

– Il faut l'amener au centre aquarinaire, décréta-t-il.

Il confia les prisonniers à deux dauphins sains et saufs pour qu'ils les ramènent au palais.

Ange lança une série de cliquetis et présenta sa nageoire dorsale à sa maîtresse pour qu'elle s'y accroche. À cet instant, un éclair de trident passa un mètre au-dessus de leur tête.

Marguerite eut juste le temps d'entrevoir le danger que le sirène lui envoyait un autre rayon mortel. Percevant le danger, Ange remonta de deux coups de queue afin de protéger sa maîtresse.

Il reçut le faisceau violet de plein fouet, sur son flanc gauche. L'impact fut tel qu'il projeta violemment le dauphin plusieurs mètres plus loin.

– NOONNN ! hurla Marguerite en revenant à toute vitesse vers Ange, qui coulait vers le sol en tourbillonnant.

Se glissant sous lui et l'entourant de ses bras, elle essaya de le retenir. Pourtant, au fond de son cœur, elle savait pertinemment que la vie avait déjà quitté son protégé. Les larmes brouillaient sa vue et la jeune femme secouait la tête en signe de négation. « Ange ! Mon ange ! Ce n'est pas possible ! » répétait-elle en boucle.

– REVIENS !!! lui intima-t-elle dans un dernier cri de désespoir.

Plutôt que d'entendre le cliquetis de son dauphin, c'est la voix de son jumeau qui lui parvint.

– Marguerite, nous sommes en danger ! Viens, je t'en prie ! la supplia-t-il en la tirant vers l'arrière pour qu'elle lâche Ange.

Craignant pour leur vie à tous les deux, Hosh ne lui laissa pas le choix. Plus fort qu'elle, il l'entraîna et l'obligea à laisser le corps de son dauphin, qui tomba lentement vers le fond sablonneux de la cité.

9

Choisir son clan

Les dauphins de la cité, alertés par la douleur de Marguerite, se regroupèrent autour des enfants d'Una et les accompagnèrent jusqu'au château. Les jumeaux furent accueillis par les exclamations des Lénaciens, qui saluaient leur retour d'Octavy avec enthousiasme.

Una, prévenue par sa première sirim qui avait entendu les cris de la foule, les attendait à l'entrée d'une des portes du palais. Elle vit ses enfants revenir, escortés par une vingtaine de dauphins.

S'apercevant que Hosh soutenait sa sœur et que deux dauphins tiraient des sirènes ligotés, elle s'élança vers sa fille. La reine s'empressa d'examiner Marguerite sous toutes ses coutures et elle remarqua vite que sa petite Sierrad semblait mentalement absente, comme paralysée de tristesse. La souveraine se hâta de soustraire sa fille aux yeux de la petite foule qui s'était formée devant le palais, puis elle donna des ordres pour que les deux sirènes capturés soient emprisonnés sur-le-champ.

Pendant ce temps, Hosh endossait pour la première fois une responsabilité royale en faisant passer le peuple avant tout le reste. Il mit ses émotions de côté, se composa un visage neutre et se tourna vers ses concitoyens.

– Chers Lénaciens, commença-t-il, ma sœur et moi vous remercions de votre accueil et de vos encouragements. Sachez que nous nous sommes rendus à Octavy. Nous y avons trouvé un peuple intéressant, qui a tenu à tester notre courage avant de nous donner la plante médicinale que nous étions partis chercher. Nous avons réussi haut la main le rite initiatique et rapportons ce qui servira à soigner vos enfants.

– Comment va Marguerite ? cria une sirène.

– Ma sœur est extrêmement fatiguée par le voyage, merci de vous en inquiéter. Quelques chants de sommeil devraient la remettre sur pied et vous l'apercevrez bientôt en train de nager dans les rues de Lénacie.

– Et Jack ? Et Jessie ? Où sont-ils ?

– Ils sont encore à Octavy, révéla lentement Hosh en se délectant de la réaction de déception qu'il lisait sur les visages. Ils n'ont pas tout à fait terminé leur tâche. Vous les verrez sûrement rentrer sous peu. Sur ce, je vous souhaite une bonne fin de journée à tous, conclut-il en saluant la foule.

Lorsqu'il se tourna, il découvrit sa mère derrière lui, qui avait assisté à toute la scène. Elle semblait très fière de son fils. Una lui tendit une main qu'il saisit pour ensuite entrer dans le palais avec elle. Hosh la mit rapidement au courant de l'attaque et de la mort d'Ange. Scandalisée, la reine envoya immédiatement un poisson-messager au chef de sa brigade de défense pendant que Hosh prenait une grande goulée d'eau, espérant trouver les mots pour soulager le cœur de sa jumelle.

* *
*

Usi avait, bien sûr, mis en doute les paroles de Hosh à propos de l'attaque. Le roi affirmait que son neveu mentait effrontément.

Il avait même la preuve que les jumeaux étaient entrés dans la cité un quart de chant plus tard que ce qu'affirmait Hosh : enregistrement du centre de la sécurité à l'appui. Heureusement, des gardes devaient interroger les deux prisonniers le lendemain. Peut-être réussiraient-ils à en tirer quelque chose...

Pendant ce temps, Marguerite tentait de surmonter sa peine. Voir le corps d'Ange, qu'on avait récupéré, être transporté dans le grand précipice qui servait de fosse aux Lénaciens fut une épreuve particulièrement pénible pour la jeune femme. Confusément, à travers son immense chagrin, un sentiment de colère essayait à nouveau de la dominer.

*   *

*

Depuis plus d'un chant, Marguerite était recroquevillée dans son assur et se laissait bercer par le courant d'eau de sa chambre. Dans un tel moment, la chaleur des bras de Cynthia, sa mère adoptive, lui manquait cruellement...

À cet instant précis, Una entra. Sans un mot, elle poussa un peu sa fille et s'assit à ses côtés.

— Lorsque ton frère et toi êtes arrivés entourés de dauphins, il y a deux jours, raconta la reine, vous m'avez rappelé la première fois où j'ai aperçu Mat.

« Comme chaque année, j'attendais impatiemment que les nouveaux syrmains parviennent à Lénacie. Comme tu le sais déjà, je ne manquais aucune de ces arrivées. Ce jour-là, j'étais embusquée dans mon coin favori pour voir sans être vue. Soudain, j'entendis une exclamation de la foule qui accueillait les nouveaux venus. Une trentaine de dauphins traversaient le mur de protection. Ce n'était pas des dauphins de la cité. Ils avaient donc retenu leur souffle depuis la surface ! Qu'est-ce que ça pouvait bien vouloir dire ? »

Marguerite redressa lentement la tête. Elle adorait lorsque sa mère, si avare de souvenirs, s'ouvrait ainsi à elle. Cela renforçait les racines qu'elle avait commencé à développer dans l'océan et son lien d'attachement avec cette cité où elle était née.

– Au milieu des mammifères, j'aperçus Mat, poursuivit la reine. Il respirait la liberté et l'assurance. Il dut sentir que je le fixais, car il croisa mon regard. Au même moment, Koen est arrivé.

« J'ai toujours aimé ce sirène, se remémora Una. Ce jour-là, plutôt que de se diriger vers les delphinidés qui faisaient le plein d'oxygène autour d'un aérodynamo de la cité, il nagea droit vers le jeune syrmain. Ce n'est qu'à ce moment que j'ai remarqué une similitude dans la couleur de leur queue et dans leurs traits. Lorsque le responsable des dauphins ouvrit les bras et que Mat lui fit l'accolade, aucun doute ne subsista dans mon esprit : il s'agissait bien du fils cadet de Koen et d'Aïsha, qui était de retour au royaume. »

Lentement, Marguerite changea de position et vint déposer pour la première fois sa tête sur la queue lilas de sa mère. Una fut prise au dépourvu pendant quelques secondes, puis elle laissa glisser sa main sur les cheveux de sa fille, savourant cet instant de rapprochement avec son enfant. Elle ferma les yeux et continua son récit.

– Quelques années après l'arrivée de Mat, des dauphins se mirent à me suivre partout. Je me rappelle qu'un matin, alors que j'étais souveraine de Lénacie depuis trois mois, un dauphin avait encore réussi à pénétrer dans le palais. Il me collait à la queue, me poussait avec son rostre et voulait jouer avec moi. Si j'avais trouvé ça drôle la première fois, ça l'était un peu moins la huitième. Je revois le regard de mon frère quand j'entrais dans la salle de réunion

avec un nouveau dauphin dans mon sillage !
dit-elle en s'esclaffant. Il levait systématique-
ment les yeux vers la surface en signe de découragement et faisait venir le dresseur Mat...
encore !

   — Est-ce comme ça qu'il est devenu ton
garde du corps ? demanda Marguerite qui
connaissait déjà cette partie de l'histoire.

   — Oui, pour me protéger des vilains dauphins qui m'empêchaient de bien faire mon travail, rit Una au souvenir du subterfuge.

   — Et ensuite ? s'enquit Marguerite, impatiente de connaître la suite.

   — À vrai dire, il y a longtemps que j'étais
amoureuse de ton père lorsqu'il est venu travailler pour moi. Au bout de six mois, j'ai pris
mon courage à deux mains en me promettant
de ne pas flancher au dernier moment. J'étais
extrêmement nerveuse. Quelle règle idiote, tout
de même, que celle qui interdit à un sirène de
demander un souverain en mariage ! Comment
faisait-on la grande demande ? Et s'il refusait ?
Sa liberté était si importante pour lui ! Mat se
présenta comme tous les matins avec son irré-
sistible sourire, se souvint Una, et j'ai su que je
voulais vraiment l'épouser et passer ma vie à

ses côtés. Après mille et un détours, je suis enfin parvenue à formuler ma question et Mat, heureux, a accepté sans se faire prier.

Marguerite sourit pour la première fois depuis la mort d'Ange.

* *
*

Le lendemain, Marguerite décida de rencontrer Pascale avec Hosh. La jolie sirène avait entrepris quelque chose de courageux, mais Marguerite estimait qu'il fallait maintenant mettre fin à tout ça. La SPAL était une organisation qui se révélait dangereuse et l'infiltration de son amie était trop risquée.

Par l'entremise du dauphin confié à l'ex-aspirante, ils convinrent donc d'un lieu de rendez-vous, bien cachés entre deux bâtiments dans les rues d'un quartier retiré de la cité.

La veille, Hosh s'était confié à sa sœur. Il lui avait parlé à cœur ouvert de son amour pour la belle Pascale. Il lui avait avoué qu'il ne se passait pas une journée sans qu'il craigne pour la vie de la sirène dont il était amoureux. Marguerite avait été très touchée par ses confidences. Son frère était donc fermement décidé à trouver les paroles nécessaires pour convaincre Pascale de sortir de cette dangereuse organisation.

– Je suis désolée pour Ange, compatit Pascale, d'entrée de jeu.

– Tu as appris ce qui s'est passé ? s'étonna Marguerite la lèvre tremblante.

– J'étais là...

– QUOI ?! s'exclamèrent les aspirants, scandalisés.

– Je grimpe rapidement les échelons de la SPAL, se justifia Pascale. On ne m'a pas vraiment laissé le choix. Et puis, j'ai songé qu'ainsi je serais mieux placée pour vous sauver si les choses tournaient mal. Bien mieux qu'en restant cachée dans un repaire quelconque. Vous pensez que le premier rayon de trident vous a évités par hasard ?

Marguerite et Hosh étaient bouche bée. La surprise les clouait sur place.

– Si vous ne croyez plus en moi, je n'ai plus rien à faire ici, bredouilla la sirène à la queue orangée.

Hosh retint Pascale par le bras.

– Non... reste. Nous te faisons confiance. Après tout, tu nous as envoyé un message pour nous prévenir des embûches qui nous attendaient lors de notre retour d'Octavy. Nous t'en remercions du fond du cœur.

L'ex-aspirante lui sourit. Ses nerfs étaient mis à rude épreuve depuis quelque temps et elle avait besoin de ses amis. Elle fut agréablement surprise de constater que l'avertissement qu'elle avait essayé de transmettre à Marguerite par l'entremise du dauphin leur était parvenu malgré la distance. Les jumeaux lui relatèrent rapidement les événements marquants de leur voyage. Pascale ignorait tout de l'incident des bateaux-usines et de l'intervention des sirènes masqués. Elle salua l'initiative de Marguerite concernant Erman et retint son souffle lorsque Hosh lui raconta l'épisode des guerriers octaviens qui étaient en fait des traîtres. Pascale était bien placée pour savoir que la SPAL avait le bras long... Elle se montra ensuite très intéressée par la découverte de l'épave et de son merveilleux trésor.

– En avez-vous parlé avec la reine ?

– Pas encore, lui avoua Hosh. Étant donné que nous ne pouvons pas aller récupérer le trésor immédiatement, nous attendrons que la deuxième épreuve soit terminée avant de le faire. Il n'y a pas d'urgence ; il est bien caché.

Changeant alors de sujet, Marguerite fit part à son amie de la véritable raison de leur rencontre.

– Pascale, commença-t-elle, tu dois quitter la SPAL.

La principale intéressée croisa les bras sur sa poitrine, rejeta les épaules en arrière et fixa Marguerite d'un air buté. Elle ne semblait pas très réceptive à cette idée... L'aspirante justifia sa demande en revenant sur les meurtres de l'informateur qui avait trahi la SPAL et d'Ange, auxquels Pascale avait assisté.

– Maintenant, vous allez m'écouter, affirma Pascale dès que Marguerite eut terminé. Je sais mieux que vous dans quoi je me suis embarquée ! Vous semblez avoir oublié une chose... C'est MON frère jumeau qui vit à la surface, qui a été banni de la cité et que je ne reverrai plus jamais ! Et ce, à cause d'une bande de sirènes qui estiment avoir droit de vie et de mort sur les habitants de ce royaume pour le « bien » de Lénacie ! JAMAIS je ne leur pardonnerai ! La SPAL, c'est bien plus gros que tout ce que vous pouvez imaginer. Je n'ai découvert que la pointe de l'iceberg et croyez-moi, il y a des nuits où je n'en dors pas...

Marguerite voyait sa douce amie en colère pour la première fois et comprit qu'elle l'avait sous-estimée. Sous son air angélique, la jeune femme avait une énergie, un courage et une grandeur d'âme hors du commun. Elle aurait dû s'en apercevoir, l'année précédente, lorsque Pascale avait sacrifié son avenir et celui de son jumeau en prenant sur eux toutes les accusations qui pesaient sur les enfants d'Una.

– J'aime Lénacie autant que vous, continua Pascale, peut-être même plus ! Je défendrai ma cité autant que je le pourrai. Souvenez-vous de la promesse que vous avez faite à mon frère : vous avez juré de faire tout ce qui est en votre pouvoir pour régner. Tenez parole ! Pour ma part, je poursuivrai ce que j'ai commencé, que ça vous plaise ou non. Mon rôle est de vous soutenir dans l'ombre et pour y arriver, je suis prête à risquer ma vie s'il le faut. Je ne veux plus en entendre parler.

Elle embrassa chacun des jumeaux en s'attardant quelques instants de plus sur la joue de Hosh et les salua de la main.

Marguerite et Hosh mirent quelques minutes à digérer les paroles de Pascale. Ils durent

admettre qu'elle avait raison. C'était son choix !
L'aspirante observa son frère. Il n'avait rien dit
pour convaincre celle qu'il aime de quitter la
SPAL. Il se l'était pourtant juré la veille. L'admiration et le profond respect qu'elle lut dans son
regard amoureux la dissuadèrent de le relancer.
Ils retournèrent donc au château, bien décidés
à remplir leur part du contrat et à réussir la dernière épreuve.

* *

*

Lors du souper officiel soulignant leur retour
d'Octavy, Marguerite et Hosh remirent la plante
médicinale aux guérisseurs de la cité.

En présence des souverains, des évaluateurs ainsi que de plusieurs sirènes influents
de Lénacie, ils reçurent ensuite leurs bâtons
d'awata en fonction des critères de cette quatrième année de course à la couronne. Consé-
quemment, la compassion dont ils avaient fait
preuve relativement à la blessure d'Erman, fils
du chef octavien, ainsi que le courage démon-
tré lors de la chasse et de la cueillette de l'algue
violette leur rapportèrent dix bâtons.

– Nous tenons également à souligner votre
débrouillardise, continua madame de Bourgogne, qui tenait entre ses mains un rouleau

d'algues aux couleurs d'Octavy. Vous êtes habilement parvenus à négocier de ne pas remplir la dernière exigence du rite initiatique des Octaviens, qui est de rester un an parmi leur peuple. Aussi, nous vous remettons cinq bâtons supplémentaires.

Marguerite et Hosh étaient très fiers de ce qu'ils avaient accompli ! En croisant le regard mauvais de son oncle, la jeune femme eut une pensée pour Jack et Jessie, qui n'étaient pas encore rentrés. Une petite vague de joie l'envahit. Elle fut cependant de courte durée, car Coutoro prit la parole pour annoncer l'arrivée prochaine des enfants d'Usi. Selon les dernières nouvelles reçues, leurs cousins avaient, eux aussi, réussi à négocier leur retour avec l'algue violette. Il ne leur restait qu'une semaine à passer à Octavy. Les évaluateurs annoncèrent donc que Jack et Jessie mériteraient treize bâtons pour cette première épreuve.

« Nous avons deux points d'avance ! » pensa Marguerite, positive.

* *
*

Au souper, pendant que Marguerite s'entretenait avec sa mère, le regard de la reine s'assombrit subitement. Délaissant sa conversation, elle contourna Marguerite et s'approcha du responsable des finances de Lénacie.

– Je vous offre toutes mes condoléances, dit Una d'une voix empreinte de compassion en déposant une main délicate sur l'épaule du syrmain. J'ignorais que vous aviez perdu un être cher dernièrement.

Devant l'air surpris de son interlocuteur, la souveraine justifia son empathie en pointant la pâte de deuil qui recouvrait encore une partie de la nageoire caudale du sirène.

À ces mots, le responsable des finances rougit violemment et Marguerite revit en pen-sée les sirènes cagoulés dont les écailles de la queue étaient camouflées sous une pâte de deuil.

Le responsable des finances affirma avoir accompagné un ami à une cérémonie d'abîme dans la matinée et Una changea habilement de sujet. Après le repas, elle donna discrètement l'ordre qu'on suive le syrmain de près.

*   *
*

Marguerite accompagnait son jumeau en direction de la petite salle d'audience de la reine. Deux jours auparavant, Occare avait demandé une rencontre privée avec Una et la reine avait accédé à sa requête. Elle avait également demandé à ses enfants d'être présents.

Occare confia à la reine avoir découvert que d'importantes sommes de perles disparaissaient des coffres de la couronne depuis quinze ans.

– En as-tu parlé avec le trésorier ? interrogea la souveraine.

– Non, avoua la jeune femme. Tout est très bien camouflé, mais les irrégularités sont si nombreuses qu'il me semble impossible que le trésorier ne s'en soit pas aperçu...

– Tu crois donc qu'il est responsable de ces irrégularités, en déduisit Una.

– Je n'en sais rien... mais j'ai préféré vous en faire part avant de pousser plus loin mes investigations.

Una remercia Occare et lui enjoignit de ne parler de ses découvertes à personne. Elle demanda également à la jeune sirène de mettre en sûreté les preuves de ce qu'elle avançait et d'en faire une copie, si possible. Occare, fière de la confiance de sa souveraine, accepta sans hésitation.

Marguerite savait que sa mère n'avait pas encore toutes les preuves nécessaires pour agir contre la SPAL. Cette découverte pourrait bien changer les choses...

Après le départ d'Occare, Una reçut un poisson-messager.

– C'est Brooke ! s'exclama la reine avec un air inquiet.

« Brooke ?! » entendit Marguerite dans sa tête. Hosh était surpris que sa mère emploie le prénom de l'homme d'affaires avec autant de familiarité. Sa sœur ne lui avait pas fait part des confidences d'Una.

– Il y a encore un problème dans son usine à Lacatarina ! La pression dans un des réservoirs de la manufacture n'arrête pas d'augmenter et tout menace d'exploser ! Il doit aller là-bas en vitesse.

Lacatarina ! Marguerite se rua hors de la pièce. Peut-être avait-elle le temps de rejoindre le syrmain avant qu'il parte pour lui confier les deux derniers longs rouleaux d'algues qu'elle avait écrits au prince ! Dans sa précipitation, elle oublia de joindre à son envoi le médaillon du trésor trouvé dans le clipper. « Tant pis, se dit-elle en arrivant chez M. Brooke. Ce sera pour la prochaine fois. »

Elle était fière d'avoir réussi à rattraper l'homme d'affaires avant son départ. Un quart de chants de plus et il était trop tard. Marguerite lui trouva une bien mauvaise mine. Il faut dire qu'il était presque en permanence absent de Lénacie depuis quelque temps. Des problèmes dans son entreprise survenaient les uns après les autres, le forçant à faire des allers-retours entre Lénacie et les différents endroits, sur terre comme sous l'eau, où se trouvaient ses usines.

Le retour à la nage de Marguerite vers le château lui rappela cruellement l'absence d'Ange. C'est l'âme en peine qu'elle se prépara pour l'inauguration du baleinobus d'Occare et de Dave. Ces derniers mois, les ingénieurs de la cité avaient travaillé d'arrache-pied pour compléter les plans et finaliser le projet imaginé par les deux aspirants au cours de leur première année d'épreuves. « Quel dommage que Dave ait choisi de rester à la surface cette année ! Il ne verra pas le résultat final de son dur labeur », songea l'aspirante.

Le résultat était impressionnant. Le moyen de transport ressemblait à s'y méprendre à une vraie baleine. Plusieurs Lénaciens entouraient le véhicule et lançaient des cris d'admiration. Occare, accompagnée du roi et de la reine, posa une main entre les deux yeux sans vie du colosse d'acier et prononça une formule de protection et de longue vie, comme le veut la tradition lénacienne.

Une visite de l'intérieur était ensuite prévue et Marguerite fut parmi les premières personnes à l'examiner. Les ingénieurs avaient fait les choses en grand ! Le véhicule était entièrement insonorisé et un cœur artificiel battait d'un rythme régulier. De petits assurs avaient été accrochés aux parois latérales pour les siréneaux syrmains qui devaient rejoindre la surface, et de grands compartiments de rangement en algues couvraient le fond de l'appareil. Ainsi, à l'avenir, des objets pourraient être rapportés de la terre discrètement et sans effort.

Pour couronner le tout, M. Brooke avait fait don d'un radar de métal afin d'assurer une sécurité supplémentaire aux voyageurs.

En sortant du baleinobus, Marguerite vit deux dauphins jouer avec des bulles d'air qu'ils faisaient jaillir de leur évent. Elle eut un pincement au cœur en pensant à Ange. La jeune femme n'eut cependant pas le temps de s'attendrir, car Pascale lui transmit une nouvelle scène.

Son amie nageait aux côtés d'un sirène musclé d'environ vingt-cinq ans.

– Tu as gravi plusieurs échelons en peu de temps, lui disait-il. Tu sais à quel point le silence et le secret doivent être maintenus sur les activités de la SPAL ? Eh bien dernièrement, un sirène n'a pas respecté nos règles de discrétion. Nous sommes d'avis que tu dois connaître, et surtout voir, les conséquences d'une telle négligence.

Marguerite trembla. Le moment qu'elle redoutait tant était arrivé. Les responsables de la SPAL s'étaient aperçus que la jeune femme leur transmettait des informations secrètes !

Pascale pénétra dans une pièce sombre où une sirène masquée se tenait devant le responsable des finances du palais. Celui-ci avait le torse et la queue entravés par une corde, qui le retenait à un bloc de pierre.

« Cette sirène masquée ressemble à Alicia », pensa Marguerite tout en ayant conscience qu'ainsi cagoulées et la queue maquillée, plusieurs sirènes pouvaient ressembler à sa tante.

– Auguste, commença la femme bourreau, tu as été reconnu coupable de négligence pouvant causer de grands torts à notre organisation. Tu dois en subir les conséquences.

Ce disant, deux murènes vinrent frôler langoureusement le fautif. Il était évident qu'elles n'attendaient qu'une instruction.

« Ce doit être l'allié naturel du bourreau », se dit Marguerite. Malgré l'appréhension qu'elle ressentait à l'idée de voir la suite, elle ne pouvait mettre fin à la transmission de Pascale.

– Voici ta punition !

Immédiatement, les deux murènes tournèrent la tête vers le responsable des finances et enfoncèrent leurs crocs dans la chair de ses bras. Le sirène se tordit de douleur en hurlant sous le regard cruel et amusé de la femme.

– Il n'est plus de notre ressort de décider s'il doit vivre ou mourir, dit, sur un ton neutre, le membre de la SPAL qui accompagnait Pascale. S'il survit au poison contenu dans la salive des murènes, tant mieux, sinon...

Le jeune homme laissa volontairement sa phrase en suspens et afficha un sourire sadique.

La vision de Marguerite s'effaça à cet instant.

L'aspirante secoua la tête de gauche à droite à plusieurs reprises, une grimace de dégoût déformant ses traits. Elle nagea à toute vitesse vers les appartements de sa mère pour aller lui raconter ce dont elle venait d'être témoin. Elle s'apprêtait à pénétrer dans le petit salon lorsque son frère la retint *in extremis* par le bras. Il lui apprit que madame de Bourgogne était dans la pièce avec Una et qu'elle semblait dans tous ses états. Ils entendirent les sanglots de l'évaluatrice à travers la porte d'algues.

– Son petit-fils de onze ans a disparu depuis plusieurs jours, lui confia son jumeau. Les parents sont sans nouvelles et ils sont extrêmement inquiets.

La jeune femme commençait à trouver que le malheur s'acharnait vraiment sur tous ceux qui gravitaient autour de la reine, de Hosh et d'elle... Au même moment, une seconde vision s'imposa.

Cette fois, ce n'était pas Pascale qui la lui transmettait en touchant le dauphin, mais le dauphin lui-même, par sa propre volonté. À travers les yeux du delphinidé, Marguerite entendit son amie révéler le secret du clipper et de son trésor à cinq sirènes que l'aspirante ne connaissait pas.

– Impossible ! argua Hosh, accablé, lorsque sa sœur lui fit part de ce qu'elle venait de voir. Pascale ne nous aurait jamais trahis !

– Je l'ignore, Hosh. Elle a été témoin d'un meurtre et d'une scène de torture, après tout. Peut-être a-t-elle décidé que le clan ennemi était plus sécuritaire, finalement...

10

Les chantevoix

Tous deux décidèrent de retourner immédiatement à l'épave, sans consulter leur mère. S'ils étaient assez rapides, ils parviendraient peut-être à rapporter le trésor avant que les membres de la SPAL ne le trouvent.

Munis de deux grands sacs à dos en cuir de baleine, ils s'apprêtaient à monter dans le char que Hosh avait harnaché à deux dauphins lorsque les souverains, suivis de tous les évaluateurs, arrivèrent près d'eux.

— Votre deuxième épreuve vous attend, mes enfants, leur annonça Una.

— On n'attend pas le retour de Jack et de Jessie ? questionna Hosh, surpris.

– Ils vivront la leur en temps et lieu, répondit Usi durement. Concentrez-vous sur la vôtre, vous aurez déjà suffisamment à faire !

Tant pis pour le trésor ! Ils accompagnèrent le groupe d'adultes à l'orée de ce que Marguerite avait toujours pris pour une petite forêt d'arbres marins. De près, elle eut la surprise de découvrir qu'il s'agissait en fait d'une illusion d'optique et que les arbres étaient un dôme d'eau agitée. Elle se trouvait devant le même genre de protection que celle entourant la cité pour la protéger de la curiosité humaine.

– Aujourd'hui, nous voyons ce dôme seulement parce que nous sommes invités à y entrer, leur dit Una.

« Un mur de protection à l'intérieur d'un mur de protection ? s'étonna Marguerite. Même le palais royal n'est pas aussi bien protégé ! Qu'est-ce qui peut bien se cacher derrière ? »

La jeune femme ne tarda pas à le découvrir. D'un coup de queue, elle traversa le mur protecteur. La température élevée de l'eau la surprit aussitôt. On se serait cru près de la surface !

À plusieurs mètres se dressait un manoir. Les murs semblaient faits de verre, bien que l'intérieur des pièces restât invisible. Le toit argenté avait la forme d'un dôme. La structure dans son ensemble était impressionnante et ne ressemblait à rien de ce que Marguerite avait déjà vu. Le sol entourant l'édifice était tapissé d'un champ d'algues rouges et jaunes. Des centaines de poissons tropicaux y évoluaient.

Lorsque les jumeaux arrivèrent à l'entrée principale du manoir, un sirène de belle apparence leur ouvrit la porte et, sans un mot, les précéda dans les couloirs. L'endroit était plongé dans la noirceur et aucun poisson-lumière n'était visible. Marguerite baissa la tête et s'aperçut que le plancher était couvert d'algues bioluminescentes qui éclairaient leur route. Lorsque ses yeux furent habitués, elle remarqua que toutes les portes d'algues étaient closes. Arrivés au troisième étage, Marguerite et Hosh se retrouvèrent dans un salon circulaire où les attendaient deux hommes et une femme. Ces trois étranges sirènes avaient les yeux mauves et les cheveux rouges. Leur apparence saisit Margue rite.

« Ce sont des "chantevoix" ! » lui révéla son jumeau par la pensée. Marguerite avait déjà entendu parler de ces sirènes qui avaient un don si extraordinaire que dès qu'un enfant naissait avec les caractéristiques physiques des chantevoix, ses parents en faisaient cadeau au peuple de Lénacie. Le siréneau était alors élevé par ses pairs à l'intérieur des murs d'un manoir inaccessible pour le commun des sirènes. La syrmain s'était toujours demandé où était cette demeure. Elle venait de le découvrir !

Les chantevoix étaient respectés et vénérés par les Lénaciens parce que le secret de l'existence des sirènes reposait en très grande partie entre leurs mains. Hommes et femmes, ils avaient des capacités mentales de télépathie absolument phénoménales. Grâce à leurs compétences, ils surveillaient en douce les syrmains sur terre. Dès qu'un syrmain révélait l'existence des sirènes à un humain sans autorisation, les chantevoix l'apprenaient. Ils transmettaient l'information au responsable de la sécurité et le pouvoir de transformation du syrmain en question lui était retiré. Il entendait une douce mélodie dans sa tête et tout était terminé. Par ce procédé, les chantevoix modifiaient sa mémoire.

Lorsqu'elle avait entendu parler des chantevoix la première fois, Marguerite avait immédiatement relié leur existence à une légende humaine : sur terre, les sirènes avaient mauvaise réputation, car on racontait qu'elles ensorcelaient les marins en chantant une mélodie maléfique. Chaque mythe ne renferme-t-il pas un fond de vérité ?

Une équipe de syrmains s'occupait ensuite de discréditer les paroles du fautif auprès de l'humain à qui avait été révélée l'existence des sirènes.

Gab, son ancien gardien, lui avait également appris que les chantevoix chantaient la mélodie qu'entendaient les parents adoptifs des syrmains. Cette chanson les avisait que leur enfant était particulier et qu'un jour, ils devraient le laisser partir à la découverte de ses origines. Les chantevoix étaient également responsables du chant de repérage. « Voilà pourquoi on l'entend de si loin ! Il n'est pas transmis dans l'eau par la voix, mais par la pensée ! » comprit alors l'aspirante.

– Nous vous souhaitons la bienvenue dans notre demeure, dit le plus âgé des chantevoix en les regardant dans les yeux à tour de rôle. C'est ici qu'aura lieu la dernière épreuve de cette course à la couronne.

Marguerite se demanda si les trois sirènes qui se tenaient devant elle étaient capables de lire dans ses pensées. Elle tenta de se concentrer sur autre chose que Mobile, son pouvoir de communication avec son frère ou le fait qu'elle trouvait l'allure physique des chantevoix vraiment spéciale... Peine perdue. Plus elle essayait de ne pas y penser, plus elle y pensait !

Un des chantevoix, qui semblait avoir le même âge que Marguerite, la fixait dans les yeux. Il lui sourit chaleureusement.

– Un code d'éthique nous interdit de scruter inutilement les réflexions des Lénaciens, lui apprit-il gentiment.

« Hum ! Pour qu'il me fasse cette remarque à cet instant précis, réfléchit l'aspirante, c'est sans doute parce qu'il a lu dans mes pensées ! »

Elle ne fut pas la seule à arriver à cette conclusion, puisque l'aîné, qui avait été interrompu par cette intervention, répliqua avec ironie :

– Certains mettent malheureusement plus de temps que d'autres à intégrer ce code, n'est-ce pas, Zaël ?

Le jeune chantevoix baissa la tête devant cette remontrance à peine cachée. Toutefois, le maître lui donna l'occasion de se rattraper en lui demandant d'expliquer aux aspirants en quoi consistait leur dernière épreuve.

– Vous devrez résoudre une énigme pendant un sommeil forcé, leur apprit-il.

« Pfff ! Rien que ça ! » pensa Marguerite qui ne s'attendait vraiment pas à quelque chose d'aussi facile.

– Ce sommeil artificiel, continua Zaël, vous permettra de faire plus facilement appel à toutes vos capacités intellectuelles, et ce, sans restriction de temps. De plus, la nécessité de répondre à vos besoins naturels, comme manger ou dormir, ainsi que les sources de distractions seront complètement éliminées dans ce contexte. Alors commençons sans plus tarder.

Les chantevoix firent signe aux jumeaux de les suivre dans la partie supérieure du manoir. Le toit en forme de dôme éclairait la pièce d'une douce lumière qui ressemblait à s'y méprendre aux rayons du soleil traversant la surface de l'eau. La syrmain était subjuguée.

– Installez-vous ici, indiqua la femme chantevoix, qui avait les cheveux beaucoup plus longs et plus rouges que ses collègues masculins.

Elle désigna deux coquillages s'apparentant à des huîtres. Ils étaient suffisamment grands pour qu'un sirène s'y couche. Leur fond était rembourré d'algues mauves pour plus de confort. Pendant que Marguerite et Hosh tentaient de trouver une position confortable, Zaël et le troisième chantevoix se mirent à nager en tournoyant au-dessus d'eux. La femme émit un son guttural et une noirceur totale enveloppa la pièce, comme si toutes les algues avaient cessé simultanément de produire de la lumière.

– Ayez confiance, dit-elle en refermant lentement les coquilles.

Les battements du cœur de l'aspirante s'accélérèrent aussitôt. Elle n'eut toutefois pas le temps de compter jusqu'à dix qu'elle dormait déjà.

*   *
*

Marguerite s'extirpa difficilement de son sommeil. En voulant s'étirer, sa queue buta contre un obstacle. Elle ouvrit les yeux et la mémoire lui revint. Elle était toujours enfermée dans sa coque. La jeune femme ne se rappelait pas avoir résolu une énigme en dormant. Devait-elle se rendormir ?

L'aspirante constata qu'un mince filet de lumière traversait la jonction entre les deux parties de son coquillage. « Ce n'est pas normal », pensa-t-elle en se souvenant que la femme chantevoix avait plongé la pièce dans le noir.

Prenant appui sur ses coudes, Marguerite poussa de toutes ses forces sur la coquille du haut et parvint à l'ouvrir. La pièce était sens dessus dessous. Les meubles s'étaient décrochés des murs et des rouleaux d'algues flottaient un peu partout. Des fissures zébraient même le toit de l'édifice en plusieurs endroits alors qu'il n'en était rien à l'arrivée des jumeaux. Son attention fut immédiatement retenue par Zaël et le second sirène mâle, qui flottaient inconscients à quelques mètres d'elle. Inquiète, elle se précipita vers eux. Elle retourna Zaël pour prendre son pouls. Son corps était froid et raide. Ses yeux grands ouverts et sans vie ne laissèrent aucun doute à Marguerite quant à son état. Horrifiée et tremblante, elle s'approcha de l'autre chantevoix et constata qu'il avait subi le même sort. Morts ! Ils étaient tous les deux morts !

Marguerite avait envie de crier. Complètement paniquée, elle nagea jusqu'au coquillage de son frère et s'y acharna jusqu'à ce qu'elle parvienne à l'ouvrir. Dès qu'elle eut accès au corps de son jumeau, elle se mit à chercher frénétiquement la présence d'un signe vital. « Sa queue a blanchi ! » remarqua-t-elle, affolée. Elle le prit par les épaules et le secoua de toutes ses forces. « HOSH ! » hurla-t-elle. Soudain, une main saisit son bras au niveau du coude.

217

– Arrête de me secouer comme ça ! lui lança Hosh, encore tout endormi.

Riant et pleurant à la fois, Marguerite serra son jumeau dans ses bras. Hosh, complètement hébété par ce réveil, regarda autour d'eux. Il aperçut les chantevoix.

– Sont-ils... ?

– Oui.

– Que s'est-il passé ?

– Je n'en sais rien. Peut-être cela fait-il partie de l'épreuve ? suggéra Marguerite.

L'aspirante cherchait désespérément une raison logique à cette réalité qu'elle ne voulait pas croire.

– Peut-être sommes-nous tout simplement en train de rêver ? émit la jeune femme, qui avait déjà vu une scène semblable, une fois, dans un film.

– Connaissant le pouvoir des chantevoix, ce n'est pas complètement impossible.

– Pince-moi, ordonna Marguerite sous l'impulsion du moment.

Son frère la regarda d'un drôle d'air sans bouger.

— Pince-moi ! répéta-t-elle. Si nous sommes dans un rêve, la douleur va me réveiller.

Hosh s'exécuta et Marguerite laissa échapper un cri.

— AÏE ! Je pense qu'il va falloir trouver autre chose.

La présence des cadavres rendait Marguerite de plus en plus nerveuse, mais elle ne pouvait se défaire de l'idée que tout ceci n'était qu'une mise en scène.

— Nous ne pouvons pas inventer simultanément le même rêve. C'est impossible. L'un de nous doit donc contrôler ce songe, émit Hosh. Nous sommes donc forcément soit dans ton rêve, soit dans le mien.

— J'ai une idée pour le découvrir ! s'exclama sa jumelle en souriant à l'idée de déjouer les chantevoix et de remporter l'épreuve. Il faut se rendre au palais. Je t'expliquerai une fois que nous serons rendus là-bas.

Sans un regard vers les deux cadavres, ils nagèrent hors de la pièce. Toutes les salles qu'ils croisaient étaient en désordre. Trois fois, ils virent des sirènes aux cheveux rouges flotter, inconscients. « Un cauchemar, voilà ce que nous vivons ! » tentait de se persuader Marguerite. Cependant, elle n'en était pas complètement convaincue et, malgré elle, des tremblements incontrôlables gagnèrent ses mains.

Ils finirent par parvenir au petit salon où devaient les attendre Una, Usi et les évaluateurs. Il n'y avait personne. En arrivant à la porte d'entrée, ils remarquèrent deux tridents accrochés en X au-dessus de celle-ci. Hosh s'en empara et tendit l'un d'eux à sa jumelle.

– Au cas où on se tromperait, justifia-t-il, prudent, juste avant de franchir la porte d'algues dont les lambeaux, qui ondulaient au gré des courants, n'auguraient rien de bon.

Le dôme de protection entourant le manoir des chantevoix ne fonctionnait plus et le spectacle les cloua sur place.

Lénacie était complètement dévastée ! Marguerite n'apercevait aucun sirène, poisson ou mammifère. Toutes les maisons étaient soit effondrées, soit lézardées de grosses fissures. La jeune femme appela les dauphins du palais. Aucune réponse...

Soudain, une ombre apparut au-dessus d'eux. Levant les yeux, l'aspirante donna en vitesse un coup de queue vers la droite pour éviter les tentacules d'une gigantesque méduse rosée. Celle-ci devait faire près de deux mètres de diamètre ! D'un mouvement, l'animal projeta à nouveau ses tentacules vers Marguerite qui leva le bras pour se protéger. Les appendices de la méduse s'enroulèrent autour de son avant-bras. Hosh se dépêcha de faire rougir les dents de son trident et d'envoyer un rayon à la bête, qui mourut sur-le-champ.

La douleur engendrée par la brûlure des tentacules était atroce. Pire que ce que Marguerite aurait pu imaginer. Une forte nausée l'envahit et elle faillit s'évanouir. Ramenant son bras blessé sur sa poitrine comme pour le protéger, elle fut parcourue de sueurs froides et son estomac se révulsa.

Essayant de comprendre comment des prédateurs pouvaient se trouver dans la cité, elle leva la tête vers la surface. Catastrophe ! Le dôme de protection de Lénacie avait disparu ! L'oxygène nécessaire à la survie des mammifères marins et des reptiles, comme les dauphins et les tortues, s'était donc volatilisé. Voilà pourquoi aucun dauphin ne lui avait répondu. Ils avaient dû remonter à la surface pour respirer.

Marguerite et Hosh avançaient en direction du palais en tenant fermement leur trident, le sens des vibrations en alerte. Que trouveraient-ils là-bas ? Leur mère n'était plus dans le manoir des chantevoix. Était-elle retournée au château ? Tout leur paraissait si étrange et hostile.

– On dirait qu'une guerre a eu lieu...

– Si c'est un rêve, poursuivit Hosh, les chantevoix sont vraiment forts !

Devant le palais, les jumeaux constatèrent l'absence de gardes aux entrées principales. Ce n'était pas bon signe. Ils se rendirent jusqu'aux appartements de leur mère. Les couloirs étaient vides et des amas de pierres et de sable s'étaient accumulés à plusieurs endroits, comme s'il y avait eu plusieurs éboulis. Même les poissons-lumières avaient déserté l'endroit. Inquiets et nerveux, les aspirants progressaient à la seule lueur des dents de leur trident.

Ils trouvèrent les appartements de la reine inoccupés et dans une grande pagaille. Marguerite nagea rapidement vers sa propre chambre. S'ils vivaient une épreuve par le rêve, il était impératif de le savoir. Elle ouvrit le sac en peau de baleine dans lequel elle rangeait les lettres de Mobile et tendit à son jumeau la plus récente reçue.

– Lis-m'en les premiers mots, lui dit-elle en lui tournant le dos. Si c'est mon rêve, ce que tu liras sera juste, si c'est le tien, tu devras les inventer.

– « Ma petite perle du nord, je te souhaite bonne chance dans ta mission chez les Octaviens », commença Hosh après avoir déroulé le rouleau d'algues.

– C'est bon ! le coupa rapidement Marguerite, qui ne voulait pas que son frère prenne connaissance plus longuement du contenu personnel que renfermait la missive. Il n'y a que moi qui connaissais les mots de cette lettre. Nous sommes donc dans mon rêve.

– Si nous sommes bien dans un rêve, lui rappela judicieusement son jumeau.

Hosh fit signe à sa sœur de le suivre dans sa chambre. Le sirène resta près de la porte et tourna le dos à sa sœur.

– Va devant l'image que tu m'as donnée de l'énorme bête grise aux grandes oreilles. Soulève-la. En passant ta main sur le mur, tu remarqueras que c'est mou à un endroit. Gratte la pierre avec tes doigts.

Marguerite s'exécuta et trouva une cavité. Y plongeant la main, elle en retira un petit sac de cuir. Sans dire un mot, elle l'ouvrit et en versa le contenu dans sa paume.

— Des bâtons d'awata ! s'exclama-t-elle, surprise devant la valeur des économies de son frère.

Après tout, le minerai d'awata avait une valeur plusieurs fois supérieure à celle des perles...

Hosh se retourna d'un seul mouvement.

— Impossible que nous soyons à la fois dans ton rêve ET dans le mien ! Donc, ça signifie que nous ne rêvons pas ! s'exclama-t-il.

Les jumeaux se regardèrent intensément. La peur se frayait un chemin dans leur esprit au fur et à mesure qu'ils assimilaient la dure réalité qu'une telle conclusion impliquait. Que s'était-il passé à Lénacie ? Où étaient leur mère et les autres habitants ?

11

Lourdes responsabilités

Ils reprirent leur nage et se dirigèrent vers la grande salle. En approchant, ils perçurent la vibration de plusieurs sirènes. L'espoir revint. On devait également les avoir sentis vibrer, car la porte s'ouvrit aussitôt. Devant eux se tenait une centaine de Lénaciens de tous âges. Lorsqu'ils reconnurent les enfants de leur souveraine, plusieurs se mirent à pleurer et à remercier Poséidon.

Marguerite parcourut frénétiquement la salle du regard, à la recherche d'un visage connu.

– Où sont les autres ? interrogea-t-elle tout en craignant la réponse.

– À notre connaissance, nous sommes les seuls survivants, lui apprit un sirène adulte.

« Les seuls... les seuls... les seuls... » entendit résonner Marguerite dans sa tête.

– Que s'est-il passé ? demanda Hosh en déglutissant difficilement.

– Vous ne savez pas ? Mais où étiez-vous, bon sang ?! Il y a une semaine, de terribles tremblements de terre ont secoué Lénacie pendant trois jours. Toute la cité est en ruine.

« Une semaine ! Nous avons dormi une semaine ! » s'étonna l'aspirante.

– Nous nous sommes tous réfugiés dans le palais afin d'échapper aux prédateurs qui rôdent dans la cité depuis que la barrière de protection est tombée, expliqua un jeune syrmain.

– Que doit-on faire ? demanda une vieille sirène à la queue argentée.

Marguerite se rendit compte du silence qui régnait tout à coup dans la salle. Le peuple attendait une réponse. Mais qui étaient-ils pour prendre les choses en main ? Ils n'avaient que dix-sept ans après tout ! C'était une chose de vouloir gagner les épreuves et d'apprendre à régner sous la gouverne de leur mère ; c'en était une autre de se débrouiller seuls après une telle catastrophe !

Marguerite observa à nouveau tous les visages. Una n'était pas là, pas plus que Pascale, Céleste, Quillo ou Occare. Étaient-ils tous morts ? L'horreur de la situation lui apparut d'un coup. Un sirène remarqua alors sa blessure au bras et la conduisit doucement vers un jeune guérisseur.

Celui-ci avait installé son matériel et quelques assurs pour les sirènes blessés ou malades dans deux pièces jouxtant la grande salle. À première vue, il paraissait avoir à peu près vingt-deux ans. C'était un syrmain de près de six pieds aux cheveux châtains et à la queue couleur rouille.

— Je m'appelle Damien et vous ? se présenta-t-il.

— Marguerite, s'entendit-elle répondre d'une voix vibrante, encore sous le choc de ce qu'elle venait de réaliser.

— Est-ce que votre bras vous fait très mal ? On dirait une blessure de méduse. En avez-vous rencontré une dans la cité ?

Damien enchaînait les questions pour distraire Marguerite pendant qu'il bandait son bras avec un pansement d'algues jaunes. Malgré toute la bonne volonté du guérisseur, l'esprit de la jeune femme était encore occupé à prendre conscience des conséquences du drame épouvantable survenu dans la cité.

* *
*

Dans les heures qui suivirent, les jumeaux apprirent avec soulagement que Pascale était saine et sauve. À leur arrivée, la sirène était à l'extérieur des murs du palais avec trois autres Lénaciens pour traquer un thon rouge de près de cinq cents kilos. Elle avait en effet intégré l'équipe de chasseurs afin d'aider à nourrir les survivants.

Son retour au palais avec le poisson confronta Marguerite et Hosh à une nouvelle réalité : les Lénaciens attendaient que les enfants d'Una décident de la répartition de cette nourriture. Les survivants du sinistre les considéraient comme leurs nouveaux souverains. Qu'ils le veuillent ou non, Marguerite et Hosh devaient assumer les responsabilités qui leur revenaient. On vit donc le nouveau roi et la nouvelle reine de Lénacie mettre leurs émotions de côté et s'atteler immédiatement à la tâche.

Pendant que Hosh assurait la sécurité et la subsistance de leur petite communauté, Marguerite annonça aux Lénaciens qu'elle désirait les rencontrer à tour de rôle afin d'apprendre à les connaître, de savoir ce qu'ils avaient accompli depuis le séisme et ce qu'ils attendaient de son frère et d'elle.

Marguerite discuta donc avec les cent trois membres de sa communauté. Parmi eux, soixante-quatre sirènes et syrmains avaient l'âge d'aider activement la collectivité. Tous les habitants sans exception s'en remirent à eux pour les décisions. Marguerite fut très surprise : dans une situation semblable, les humains n'auraient jamais laissé deux jeunes de dix-sept ans diriger ! Ici, cependant, les choses étaient différentes. Jamais les Lénaciens n'avaient vécu sans souverains. Ils n'étaient donc pas habitués à décider par eux-mêmes et préféraient s'en remettre à une autorité quelconque, fût-elle celle de jeunes gens.

*   *
*

Le soir venu, Damien vint voir Marguerite afin de changer son pansement. Ses gestes doux et sa voix chaleureuse firent du bien à la jeune femme, elle qui, depuis quelques jours, n'avait ressenti que pression et stress.

Par prudence, Marguerite et Hosh avaient décidé de ne pas trop s'éloigner de leur peuple et de dormir dans une pièce du couloir nord, près de la grande salle. La jeune femme était sur le point de s'assoupir lorsqu'un sentiment de tristesse la submergea avec une intensité peu commune. Elle sortit de son assur et se mit à la recherche de son frère. La détresse de son jumeau était si grande qu'elle émut beaucoup Marguerite. Celle-ci atteignit bientôt l'alcôve, où des vibrations trahirent la présence de son jumeau. Il n'était cependant pas seul et elle se retint d'entrer dans la pièce.

Sur le pas de la porte, elle le vit de dos. À ses côtés, Pascale venait de poser une main sur son bras et attendait, partageant sa souffrance en silence. Les épaules de Hosh étaient secouées de soubresauts incontrôlables. Marguerite n'avait pas besoin d'explications pour comprendre que son frère pleurait la mort d'Una. Voyant que son jumeau avait tout le soutien nécessaire, elle fit demi-tour. De retour dans son assur, elle s'efforça de bloquer la transmission d'émotions avec Hosh. De cette façon, elle put elle aussi pleurer la mort de sa mère sans que cela l'affecte davantage.

* *
*

Le lendemain, lorsque son frère entra dans la grande salle, Marguerite était déjà à l'œuvre depuis près de deux chants, dressant une liste de ce qu'ils avaient à accomplir et recueillant l'avis de plusieurs sirènes adultes. Elle avait d'ailleurs remarqué que beaucoup d'entre eux se confiaient au jeune guérisseur. Il les soignait, le écoutait, les encourageait. Elle enviait tant sa confiance en lui !

Marguerite avait conscience que Hosh et elle ne pouvaient pas prendre toutes les décisions seuls ; l'expertise de plusieurs personnes leur était nécessaire. Ensemble, ils rassemblèrent quelques sirènes afin de former un conseil décisionnel. Ce dernier se constituait des souverains, bien sûr, ainsi que de Pascale, Damien, Slim – l'ancien gardien de l'horaire de la reine –, l'évaluateur Mac, qu'elle avait été soulagée de trouver parmi les rescapés, deux gardes, un ingénieur, un syrmain et un sirène.

Avec l'aide de ce conseil, ils distribuèrent les tâches et les responsabilités au sein de la communauté. Chacun devait mettre la main à la pâte... et vite ! Leur survie en dépendait.

Tous les membres du conseil avaient une idée de ce qu'il fallait entreprendre pour le bien de la population. À l'intérieur du comité, ils étaient invités à parler librement. Toutefois, seuls les souverains prenaient les décisions finales. Aussi, lorsque Mac proposa :

– Je pense qu'on devrait envoyer quatre sirènes à la surface pour aller chercher de l'aide auprès des syrmains, quatre autres à Octavy ainsi qu'à Lacatarina.

Hosh réagit spontanément :

– Malgré tout le respect que j'ai pour vous, je dois dire que c'est impossible. Nous ne sommes plus que cent trois Lénaciens, dont seulement soixante aptes à chasser et à défendre la cité. Il ne serait pas sage de risquer la vie de douze d'entre nous !

L'idée fut donc écartée pour un temps.

Ensuite, les deux gardes prévinrent les souverains : le plus grand danger venait du fait qu'il n'y avait plus de barrière de protection autour de la cité. En effet, l'absence de barrière signifiait la disparition des dauphins – leurs moyens de transport – la destruction des champs de cultures, qui ne résisteraient pas sans le microclimat créé à l'intérieur du dôme, et la possibilité qu'ils soient attaqués par n'importe quelle créature. Et que dire des humains, qui découvriraient la cité à coup sûr s'ils passaient tout près.

Leur priorité fut donc de remettre en fonction le mur de protection. Le seul ingénieur capable de lire les plans leur affirma qu'il n'y parviendrait pas sans certaines pièces qu'il ne trouverait qu'à la surface. Après de longues discussions, les nouveaux souverains acceptèrent finalement de se séparer de deux syrmains, qui iraient sur terre chercher le matériel nécessaire.

– Et qui sait, peut-être aurons-nous l'aide d'émissaires venus de Lacatarina avant leur retour, espérait Marguerite.

La jeune femme pensait à Mobile, dont elle ne restait jamais longtemps sans nouvelles. « Bientôt ! » ne cessait-elle de se dire.

*   *
*

Les jours passaient et tous les Lénaciens s'étourdissaient dans le travail pour ne pas penser à leur peine d'avoir perdu tous leurs proches. Si les journées étaient trop remplies pour laisser place aux émotions, les nuits rapportaient leur lot de peurs et de désespoir. La nuit, Marguerite entendait pleurer des mères, des pères, des enfants... Tous étaient en deuil. La nouvelle souveraine ne faisait pas exception et elle repoussait férocement la pensée qu'Una, Quillo, Céleste, Occare et tant d'autres avaient disparu à tout jamais.

Un soir, Damien lui fit prendre conscience que le processus de deuil était long et essentiel à la bonne santé mentale du peuple. La jeune femme se rangea à l'opinion du guérisseur et décréta qu'une cérémonie d'abîme aurait lieu, afin d'aider la population à vivre son deuil.

*   *
*

À travers tous les récents événements, Marguerite se raccrochait au fait que Mobile était en sécurité chez lui et qu'il ne tarderait pas à se rendre compte que les communications avec Lénacie étaient interrompues. Elle avait pleinement confiance en son amour et espérait chaque jour le voir arriver. Sans avoir émis l'idée à voix haute, elle envisageait même que tous les Lénaciens déménagent à Lacatarina, où ils seraient plus en sécurité. Mais comment quitter le palais sans mettre en péril leur petite collectivité ? Crabes dormeurs, requins bleus, murènes et poissons charognards avaient maintenant envahi la ville. Malgré les précautions prises, un sirène était régulièrement blessé à la suite d'une sortie hors des murs du château afin d'aller chasser ou récupérer des biens dans les différents édifices de la cité. Les secours tardaient à arriver de la surface. Les deux syrmains envoyés avaient-ils échoué dans leur mission ?

*   *
*

Deux semaines après l'arrivée de Marguerite et Hosh au milieu des rescapés, une première bonne nouvelle leur donna une raison de célébrer. La barrière de protection avait été partiellement réparée. On arrivait à la faire fonctionner environ deux chants par jour.

Un soir, Marguerite avait chuchoté à son frère son idée d'utiliser le cristal noir de Langula pour réussir à la réparer complètement et ainsi assurer leur sécurité à tous. Hosh, scandalisé, avait repoussé cette suggestion du revers de la main. Les dangers reliés à son utilisation étaient trop importants. Marguerite avait-elle oublié que tous ceux qui l'utilisaient trouvaient la mort dans les mois qui suivaient ?

*   *

*

Un mois passa ainsi...

Ce n'était pas l'avenir dont Marguerite avait rêvé, mais la satisfaction du travail accompli lui apportait beaucoup. Hosh avait avoué son amour à Pascale et les deux jeunes gens vivaient leur relation au grand jour. La catastrophe et le grand dévouement de la jeune femme envers les Lénaciens leur avaient fait oublier qu'elle avait été bannie du palais. Les Lénaciens acceptaient sa présence auprès du jeune souverain et la vue de leur amour apportait un baume sur les difficultés que traversait la communauté.

Pour sa part, Marguerite avait développé une belle complicité avec Damien, qui était un homme solide et réfléchi. Le guérisseur avait reporté son retour sur terre et ses études en médecine afin de seconder les souverains jusqu'à l'arrivée des renforts qui tardaient.

Damien avait constamment de petites attentions pour sa reine. Un matin, une carapace remplie de baies de liane attendait Marguerite sur sa table. La jeune femme ignorait où il se les était procurées ; ces baies avaient toutes disparu après la catastrophe ! Un autre jour, c'était un objet ayant appartenu à sa mère qu'elle trouvait comme par hasard au moment où elle en avait besoin.

Le jeune homme s'assurait également qu'elle prenait soin d'elle et s'alimentait suffisamment. Même si son cœur appartenait à Mobile, Marguerite prenait de plus en plus plaisir à la présence de Damien à ses côtés. Cependant, elle rêvait encore souvent que son beau prince était à la place du syrmain.

* *
*

En plein cœur de la trente-troisième nuit de leur nouvelle vie, alors que Marguerite avait depuis longtemps glissé dans les bras de Morphée, des sirènes pénétrèrent dans la cité. Les gardes les arrêtèrent immédiatement et un quart de chant plus tard, Hosh entra en trombe dans la chambre de sa sœur.

– Marguerite ! Réveille-toi et suis-moi !

La jeune reine s'extirpa de son assur et suivit son jumeau, l'esprit en alerte. Il la fit s'engager dans une alcôve, où un sirène lui tournait le dos. Les longs cheveux châtains et la queue vert forêt du visiteur firent battre le cœur de Marguerite tellement fort qu'elle crut qu'il allait sortir de sa poitrine.

– Tu es venu ? chuchota-t-elle, émue au plus haut point, pendant que Hosh s'éloignait avec un sourire satisfait.

– Ma petite étoile de mer, murmura Mobile en ouvrant les bras.

Sans se faire prier, Marguerite s'y élança et les deux jeunes gens restèrent ainsi enlacés pendant de longues minutes, savourant ce moment de retrouvailles tant attendu. Ils passèrent toute la nuit main dans la main à discuter. Marguerite raconta à Mobile tous les événements des dernières semaines et lui confia les espoirs qu'elle avait pour son peuple. Elle ne cacha pas son inquiétude quant au retard qu'avait l'équipe envoyée à la surface. De son côté, Mobile l'assura du soutien des Lacatariniens.

– Après deux semaines sans nouvelles de toi, j'ai exigé de mon père qu'il envoie un émissaire. Il fut lui-même surpris de constater qu'il n'avait pas reçu de message des dirigeants lénaciens depuis longtemps, ce qui était anormal. Il a immédiatement ordonné le voyage, mais malheureusement, il y a eu un bris dans le système de combustion de notre correntego au moment du départ. Il a fallu deux semaines de plus pour le réparer. Chaque matin, je me disais que quelqu'un allait arriver de Lénacie et chaque soir, je me couchais plus inquiet que la veille. Lorsque le véhicule fut en état de fonctionner, rien n'aurait pu me dissuader de venir moi-même ici.

Mobile promit à Marguerite de rester auprès d'elle aussi longtemps qu'elle aurait besoin de son appui.

Au matin, tous les Lénaciens chantèrent de joie en apprenant l'arrivée du prince de Lacatarina. Un seul sirène ne participa pas à l'allégresse générale : Damien. Il supportait difficilement de voir le prince être aussi près de la femme dont il était amoureux. Il prit donc ses distances, laissant Marguerite à son nouveau bonheur.

* *
*

Deux jours plus tard, une forte acclamation parvint de l'extérieur du palais. « Enfin ! » soupira la jeune reine, persuadée que des secours arrivaient de la surface. Hosh et elle se précipitèrent pour les accueillir.

Quelle ne fut pas leur surprise de voir plutôt Jack et Jessie nager vers eux. Ils revenaient d'Octavy. Marguerite avait complètement oublié ses détestables cousins... Elle mit cela sur le compte de ses nombreuses responsabilités.

Elle lut dans leurs yeux la même incompréhension qui avait été la sienne quelques semaines plus tôt. Malgré toute son antipathie pour ses cousins, la souveraine ne pouvait s'empêcher de les plaindre un peu. Elle savait que la nouvelle serait des plus dévastatrices. Lorsqu'ils comprirent l'ampleur du drame qui avait frappé Lénacie, Jack et Jessie furent atterrés.

– Voilà pourquoi nous n'avions plus de chant de repérage pour revenir à Lénacie !

comprit Jack. Nous pensions que cela faisait partie de l'épreuve...

– Après avoir été obligée de rester deux semaines de plus à Octavy pour réparer une partie de leur cheminée hydrothermale, ajouta Jessie, je me serais bien passée de chercher ma propre cité dans l'océan pendant des jours.

Les enfants d'Usi se turent. La réalité et ses conséquences les rattrapaient. Ils se réfugièrent dans les appartements du roi qui n'avaient pas encore été réquisitionnés et y demeurèrent pendant trois jours.

Trois jours durant lesquels Marguerite se fit un sang d'encre. Et s'ils contestaient la place que son frère et elle occupaient en tant que souverains de Lénacie ?

- 12 -

Céder sa place ?

Étonnamment, la reine semblait s'être inquiétée pour rien. Le quatrième jour, Jack et Jessie vinrent à plusieurs reprises dans la grande salle observer comment les choses se déroulaient. Ils virent que Marguerite et Hosh dirigeaient bien le peuple et que tous les Lénaciens leur vouaient un grand respect.

Jack et Jessie mirent donc eux aussi la main à la pâte. Marguerite et Hosh étaient surpris de voir que leurs cousins savaient être efficaces et qu'ils ne rechignaient pas à leur obéir.

La pensée que c'était peut-être l'influence de leurs parents qui les avait rendus si désagréables faisait tranquillement son chemin dans l'esprit de la jeune femme. Mais pouvait-elle vraiment leur faire confiance ? Ils l'avaient si souvent trahie... Elle demeurait donc sur ses gardes.

*   *
*

– Pourquoi ne laisserais-tu pas la couronne à Jack et à Jessie ? lui demanda Mobile pour la troisième fois en deux jours. Ils ont eu la même formation que Hosh et toi et je suis certain qu'ils accepteraient.

Puis se rapprochant de sa bien-aimée, il lui prit les mains et ajouta :

– Je t'aime Marguerite. Je veux que tu viennes vivre avec moi à Lacatarina, que tu deviennes mon épouse. Je veux que tu sois ma reine aux yeux de tout mon peuple ! Si tu désires régner, tu pourras le faire à mes côtés dès que je serai roi.

– Mais mon frère ne...

– Ton frère aussi pourrait venir vivre à Lacatarina, la coupa le prince. Il y exercerait le métier qui lui plairait. Ce royaume-ci est complètement à rebâtir. Si tu choisis de rester ici, nous devrons inévitablement nous quitter. J'ai moi aussi des responsabilités qui m'attendent dans mon royaume.

La reine ne savait plus quoi faire. Depuis l'arrivée de Mobile, elle avait compris qu'elle voulait passer sa vie avec lui. Elle se voyait l'épouser, parcourir les rues de Lénacie ou de Lacatarina à son bras. Elle imaginait même sa joie lorsqu'elle lui annoncerait qu'ils allaient avoir un premier petit siréneau. Marguerite avait naïvement cru qu'elle avait encore du temps devant elle avant de décider. Hosh comprendrait-il qu'elle choisisse son bonheur avant son devoir ? Pouvait-elle vraiment laisser la couronne à ses cousins qu'elle détestait ?

– J'ai besoin de temps, murmura-t-elle à son amoureux. Je t'aime ! Cependant, mon peuple a besoin de moi. Je ne peux pas l'abandonner maintenant. Donne-moi encore un peu de temps, mon amour. Je trouverai une solution.

Alors que Mobile ouvrait la bouche pour répondre, le système d'alarme mis en place par Hosh depuis le cataclysme se déclencha. Les gardes cantonnés aux frontières de la ville l'avaient actionné avant de se replier vers le palais. Marguerite se précipita immédiatement à la porte principale du palais pour connaître la nature du danger.

– UNE VAGUE ROUGE !!!!! hurla un des gardes qui arrivait à bord d'un vélorine.

243

– Qu'est-ce que c'est que ça ? s'informa Marguerite, inquiète.

– C'est une vague d'eau toxique, lui apprit Mobile en la dirigeant aussitôt vers la grande salle. Elle passe habituellement en quelques minutes, mais renferme tellement de bactéries que tous les sirènes qui en filtrent l'eau meurent en quelques secondes.

Tout en nageant à vive allure, le prince lui apprit que le seul moyen de s'en sortir était de s'enfermer dans une pièce close et parfaitement hermétique. Heureusement, tous les édifices des cités en étaient pourvus d'au moins une.

Arrivée dans la pièce commune, la reine découvrit que la nouvelle était déjà parvenue aux oreilles des sirènes.

– Mes siréneaux !!! cria une maman, affolée.

Un chant plus tôt, trois adultes avaient regroupé les petits pour les amener se dégourdir les nageoires dans la cour intérieure sécurisée du palais.

– Combien de temps avant l'impact ? demanda Hosh au garde.

– Environ un huitième de chant.

– Je m'en occupe, dit-il en sortant de la grande salle.

Contre toute attente, Jack et Jessie le suivirent. Marguerite n'écouta que son cœur et, retirant sa main de celle du prince, s'élança à leur suite.

La cour du palais était vaste et très vite, les jumeaux se séparèrent. Marguerite nageait plus vite qu'elle ne l'avait jamais fait. Elle ne disposait que d'environ quinze minutes pour trouver les siréneaux, s'enfermer dans une pièce avec eux et en sceller l'ouverture du mieux qu'elle pouvait. La jeune reine avait déjà inspecté la moitié du jardin nord, lorsqu'au détour d'une allée bordée d'actinies, elle tomba nez à nez avec une pieuvre à anneaux bleus. Même si elle ne semblait pas très dangereuse à cause de sa taille de la grosseur d'une balle de golf, Hosh lui avait déjà parlé de leur le venin dix mille fois plus puissant que du cyanure. Ces poulpes ne vivaient cependant que près du continent australien. Qui avait été assez fou pour en importer une à Lénacie ?!

Marguerite vit la petite pieuvre s'avancer vers elle. La reine n'avait rien pour se défendre ! « C'est fini... je n'ai aucune chance de m'en sortir vivante... » pensa-t-elle. Mobile, Hosh, ses parents sur terre, les Lénaciens... elle ne les reverrait jamais plus. Alors qu'elle s'inclinait devant l'inévitable, Jack apparut derrière la pieuvre et, à l'aide d'un trident, il attaqua l'animal avec un faisceau orangé.

Contre toute attente, son cousin venait de lui sauver la vie ! Sans perdre une seule seconde, il la poussa sans ménagement dans une petite salle au moment où Marguerite voyait l'eau rougir derrière lui. La vague rouge était déjà sur eux ! Dès qu'ils furent à l'intérieur, Jack se retourna et scella les algues de la porte à l'aide de son trident afin de les protéger des bactéries contenues dans l'eau. Il maintint le rayon pendant de longues minutes, fronçant le front sous l'effort.

« Pourvu que Hosh ou Jessie ait réussi à sauver les siréneaux et à se mettre à l'abri ! » pria Marguerite de toutes ses forces.

Lorsqu'elle sentit des vibrations de sirènes approcher dans le corridor, elle comprit que la vague s'était éloignée. Épuisé, Jack abaissa enfin son trident. Marguerite avait failli perdre la vie deux fois et son cousin l'avait sauvée *in extremis* !

– Pourquoi ? l'interrogea-t-elle avant de sortir de la pièce.

– Pour Lénacie, répondit-il simplement.

Marguerite observa son cousin d'un nouvel œil. Que voulait-il dire ? Qu'il l'acceptait comme souveraine ? Peut-être avait-il un cœur, après tout.

Délaissant ses interrogations, la jeune femme sortit de la pièce et sourit à Mobile qu'elle vit s'avancer vers elle. Son sourire se figea cependant rapidement devant l'air lugubre de son amoureux. « Les siréneaux !! » pensa Marguerite catastrophée. Lorsqu'il fut près d'elle, son prince lui prit tendrement les mains, comme lui seul savait le faire.

– Tu devras être courageuse, lui murmura-t-il. Ton frère n'a pas survécu à la vague rouge.

La douleur qui étreignit Marguerite était sourde et lancinante. Une douleur insupportable, comme si on venait de l'amputer d'une moitié d'elle-même.

*   *

*

Il fallut deux longs jours à Marguerite pour accepter la froide réalité. Hosh avait trouvé la mort en sauvant deux siréneaux d'une dizaine d'années qui s'étaient éloignés du groupe. Il avait tout juste eu le temps de les enfermer avec Jessie et les autres enfants dans la maison du jardinier. La vague l'avait frappé de plein fouet.

Mobile et Damien étaient tous deux aux petits soins pour la jeune reine. Après la cérémonie de deuil où la communauté se recueillit sur les dépouilles du roi et de trois Lénaciens âgés qui n'avaient pas réussi à nager assez vite pour se mettre à l'abri, Marguerite convoqua son conseil.

Elle avait invité Jack, Jessie et Mobile à se joindre à eux. La jeune femme observa gravement les visages autour de la table.

— La mort de mon jumeau, commença-t-elle avant de devoir s'arrêter quelques secondes tant la boule qui s'était formée dans sa gorge l'empêchait de poursuivre, m'a amenée à réévaluer mon rôle à Lénacie. La coutume veut qu'un frère et une sœur gouvernent le royaume. Régner sans Hosh n'a jamais fait partie de mes plans. Je ne peux même pas l'envisager.

— Que proposes-tu ? demanda Jessie, intéressée.

— Que Jack et toi preniez ma place, répondit Marguerite en la regardant dans les yeux sans broncher.

Le silence qui suivit fut complet. Malgré sa très profonde antipathie pour ses cousins, Marguerite était assez lucide pour constater qu'ils étaient en mesure de régner sur le royaume et de le remettre sur pied. Pas comme Hosh et elle l'auraient fait, mais à leur manière. Sans leurs parents et la SPAL dans les nageoires, ils avaient les capacités, l'ambition et le courage pour y parvenir. Elle n'en doutait plus.

– J'ai décidé d'accepter la demande en mariage de Mobile, annonça la jeune femme. J'irai à Lacatarina avec lui et là, je plaiderai notre cause à mon futur beau-père. Je me fais le devoir de vous envoyer des gardes, des ingénieurs et des personnes de différents corps de métier pour vous aider et à rebâtir la cité rapidement.

– Nous vous fournirons une bonne escorte, promit Jack.

– Non ! refusa catégoriquement Marguerite. Je partirai seule avec Mobile et ses trois gardes. Tous les gardes lénaciens doivent rester ici pour protéger le peuple.

– Mais si vous êtes attaqués en chemin ? lança Mac, inquiet.

– Aucun risque, avoua Marguerite. Mon frère jumeau n'était pas le seul à pouvoir contrôler les requins, leur apprit-elle. Je nous ferai escorter jusqu'au correntego.

L'aventure était extrêmement dangereuse et tous mesuraient bien l'ampleur de la tâche. Loin d'être perçue comme une reine abandonnant son trône, elle fut reconnue pour l'aimer si fort qu'elle était prête à risquer sa vie pour les Lénaciens.

Marguerite présenta ensuite sa décision à tous les Lénaciens réunis dans la grande salle pour l'occasion.

Elle omit toutefois de leur révéler ses véritables sentiments. Elle ne leur avoua pas que plus rien ne la retenait à Lénacie à part son devoir et son attachement pour sa cité. Elle ne leur dévoila pas non plus qu'elle n'accepterait jamais de vivre sous les ordres de ses cousins, même si elle estimait désormais qu'ils étaient aptes à régner. Après tout, une reine ne laissait jamais paraître ses émotions devant son peuple...

La population prit, comme il se devait, le temps de s'attrister du départ de la jeune reine avant d'acclamer Jack et Jessie comme nouveaux souverains. Marguerite ne souhaitait pas perdre de temps et elle s'éclipsa rapidement pour préparer un sac de voyage. Elle alla dans la chambre de Hosh. La vue embrouillée par les larmes, elle ramassa le trident de son frère et son collier où pendait l'écaille de Neptus. Lorsqu'elle retourna dans sa chambre, Damien apparut dans l'embrasure de la porte.

– Es-tu certaine de faire le bon choix ? demanda-t-il.

– Oui.

– Tu pourrais rester, dit-il l'air triste. Si c'est l'amour et la protection que tu recherches, tu peux les trouver ici, chez toi...

– Mais je les ai déjà trouvés auprès de Mobile, assura la jeune femme. De plus, Lénacie n'est plus chez moi sans mon frère et ma mère.

Marguerite savait qu'elle blessait le syrmain, mais elle tenait à ce qu'aucun doute ne subsiste. Elle avait fait son choix. Damien quitta précipitamment la pièce. Une quinzaine de minutes plus tard, l'ex-souveraine, main dans la main avec Mobile, faisait ses adieux dans la grande salle.

Deux requins léopards tournaient en rond devant le château. Marguerite s'approcha d'un des deux prédateurs. Avec un pincement au cœur, elle passa sa main sur son flanc. Le requin raviva en elle la douleur de la perte de son jumeau, avec qui elle partageait l'amour de ces bêtes que tous craignaient. « Hosh... » gémit-elle intérieurement.

Une journée de nage plus tard, Mobile et elle parvinrent au correntego. Un des gardes qui les accompagnaient ouvrit la paroi située sur le dos du poisson de verre et tous deux s'engagèrent à l'intérieur.

Marguerite déposa les bâtons d'awata à l'intérieur du compartiment prévu à cet effet et mit dans le second les cristaux de soufre et de zinc. Un gardes prit les commandes.

L'ex-souveraine attacha deux des trois ceintures devant assurer sa sécurité. Elle estimait que si elle bouclait celle autour de son front, elle ne serait plus en mesure de surveiller l'alimentation en combustible de l'appareil.

– Prêts ? demanda-t-elle à tous lorsqu'ils furent bien attachés.

– Prêts.

À ce signal, Marguerite tira d'un coup sur la planchette qui séparait les deux compartiments du moteur et une formidable explosion propulsa le correntego dans le courant océanique. Sous la force de l'accélération, la tête de Marguerite fut projetée vers l'arrière et elle s'évanouit.

Au-delà des apparences

Marguerite s'éveilla doucement. Tout était noir autour d'elle. « Où suis-je ? » se demanda-t-elle. Elle tenta d'étirer sa queue, mais buta contre un obstacle. Tout à coup, elle entendit un déclic sur sa droite et la partie supérieure d'un coquillage géant se souleva. Éberluée, la jeune femme observa la pièce du manoir qu'elle n'avait pas revue depuis six semaines. Deux chantevoix la dévisageaient avec compassion.

– Vous avez dormi pendant plus de deux chants, dit l'aîné d'une voix douce.

Ils se turent ensuite, laissant la réalité faire son chemin dans l'esprit de Marguerite. Étourdie, elle tourna lentement la tête vers le coquillage de son frère. Hosh cligna des yeux. Il semblait perdu et complètement épuisé.

Marguerite éclata en sanglots. Sa gorge, trop étroite pour que l'eau continue de s'y engouffrer, la faisait souffrir. L'énorme sentiment de soulagement qui la frappa de plein fouet se mêla à une tristesse trop longtemps contenue. Les spasmes qui la secouèrent étaient incontrôlables. Les chantevoix sortirent de la pièce, pendant que Hosh tentait de remettre ses idées en place et de rassurer sa jumelle.

Ils restèrent près d'un chant ainsi. Personne ne vint les déranger. Ils discutèrent de leur aventure. Marguerite apprit à son frère les décisions qu'elle avait prises après sa mort.

– Alors tout ça n'était qu'un test, finalement, résuma Hosh.

– On dirait bien.

Une colère sourde monta en Marguerite. Cette épreuve était inhumaine ! Dire que pour endormir leur méfiance, ils leur avaient fait croire qu'ils n'auraient qu'une simple énigme à résoudre ! Elle en voulait à tout le monde et tout particulièrement à la reine, au courant de ce que l'épreuve impliquait, et qui avait accepté ces mensonges.

Les aspirants rejoignirent les évaluateurs qui les attendaient patiemment. Peu de paroles furent échangées. Marguerite retenait ses larmes. Une partie d'elle mourait d'envie de se laisser bercer par sa mère, tandis que l'autre éprouvait de la difficulté à réaliser qu'Una et Hosh étaient toujours vivants, que Lénacie ne se relevait pas d'une catastrophe écologique, que Damien n'avait jamais existé, que Jack et Jessie étaient encore à Octavy et qu'elle ne leur avait pas cédé la couronne...

« Mobile n'est pas venu me rejoindre à Lénacie », pensa-t-elle tristement.

Dans les jours qui suivirent, la jeune femme se rendit compte à nouveau à quel point Ange lui manquait. Elle aurait eu bien besoin de la présence de son cher dauphin pour la consoler, la soutenir et la faire rire. Elle ne voulut pas entendre parler de bâtons d'awata. Les chante-voix qui avaient suivi mentalement leurs péripéties pendant leur sommeil en avaient fait un compte rendu détaillé aux souverains et aux évaluateurs. Pendant qu'on vantait les nombreuses qualités dont Hosh et elle avaient fait preuve, Marguerite ne songeait plus qu'à quitter Lénacie pour toujours ! Peut-être accepterait-elle l'offre de Mobile finalement. Elle avait cru si fort qu'elle était sur le point d'épouser le prince ! Ses sentiments étaient confus. Hosh n'était pas mort, sa mère non plus et ses cousins étaient toujours aussi méchants. Pouvait-elle partir, comme dans son rêve, vivre sa vie au loin ? Pouvait-elle abandonner ses responsabilités envers Lénacie ? Sans le dire à son jumeau, qui semblait se remettre beaucoup mieux de cette épreuve, Marguerite écrivit à Mobile afin qu'il lui envoie une invitation officielle pour une visite à Lacatarina. Elle avait besoin d'un moment de réflexion...

*   *

*

Après toutes ces émotions vécues, elle vit avec une certaine indifférence ses cousins revenir d'Octavy, brandissant victorieusement l'algue violette sous les acclamations de la population. Le lendemain, elle les aperçut qui sortaient du château et se dirigeaient vers le manoir des chantevoix. Jack et Jessie arboraient un grand sourire, insouciants.

– Penses-tu qu'ils savent ce qui les attend ? demanda Hosh à sa jumelle.

– Je ne crois pas. Usi ne peut pas les avoir préparés pour cette épreuve... Impossible de deviner ce que les chantevoix vont leur faire vivre, puisque les défis qui les attendent sont basés sur leur personnalité ainsi que sur leurs espoirs et leurs craintes les plus secrètes.

Marguerite apprit plus tard que sa propre mère était à l'origine de cette affreuse épreuve. C'était le seul moyen qu'Una avait trouvé pour que, cette fois, la valeur de chaque concurrent puisse réellement être mesurée, sans interférence ni tricherie.

*   *

*

Madame de Bourgogne nageait derrière les autres évaluateurs qui, eux, suivaient Jack et Jessie. À peine un chant auparavant, elle avait reçu une singulière visite dans sa résidence.

Deux imposants sirènes masqués, la queue complètement couverte d'une pâte de deuil, lui avaient livré un paquet enrobé de feuilles d'algues. Lorsque l'évaluatrice l'avait ouvert, ses mains avaient tremblé d'appréhension. Le bracelet qu'elle avait offert à son petit-fils disparu et qu'il portait toujours se trouvait au creux de sa main, avec cinq des écailles de la belle queue indigo du garçon.

— Nous avons chacun des désirs qui ne demandent qu'à être comblés, dit le plus grand des deux sirènes. Si vous voulez retrouver votre petit-fils vivant, assurez-vous que Jack et Jessie remportent plus de bâtons d'awata que les enfants d'Una à la fin de cette épreuve. Votre vote sera décisif.

– Et ne tentez pas de jouer au plus fin avec nous, ajouta son complice. *Contrairement à vous, enlever la vie d'un siréneau ne nous empêchera pas de dormir.*

*   *

*

En attendant les résultats de l'épreuve de Jack et Jessie, Marguerite et Hosh décidèrent de se promener dans la cité. Après avoir passé l'équivalent d'un mois fictif à voir Lénacie en ruine, la jeune femme ne se lassait plus d'observer le paysage. Tout était si beau, si calme, si ordonné ! Tandis qu'ils arrivaient au centre aquarinaire où Hosh voulait saluer ses anciens collègues, Pascale transmit à Marguerite une communication ultrasecrète par l'entremise de son dauphin.

– Mère est en danger ! chuchota Marguerite au fur et à mesure qu'elle prenait connaissance du message. Un complot visant à la rentre inapte à gouverner se trame.

– Il faut faire quelque chose ! décréta immédiatement Hosh.

– Peut-on vraiment faire confiance à Pascale ? hésita Marguerite qui se hâta de se justifier devant l'air horrifié de son jumeau. Nous savons qu'elle a révélé l'emplacement du trésor aux membres de la SPAL...

– Elle avait certainement une très bonne raison d'agir ainsi, la défendit Hosh.

– C'est possible, admit Marguerite, mais je crois que nous devons demeurer prudents. J'aimerais aussi que tu envisages que ton jugement concernant Pascale a été faussé depuis l'épreuve des chantevoix.

Hosh s'apprêta à répliquer vertement, mais se tut. Et si sa sœur avait raison ? Au cours de l'épreuve, il avait vécu de merveilleux moments avec Pascale. Elle l'avait soutenu dans ses décisions et appuyé dans ses efforts pour gouverner Lénacie. Mais ce n'était pas la réalité. Et s'ils ne pouvaient plus faire confiance à Pascale dorénavant ?

– Tu es prête à prendre ce risque ? insista-t-il, tout de même inquiet pour Una.

La jeune femme devait bien avouer que non. Il était préférable d'au moins aviser leur mère qu'un possible complot se tramait contre elle.

La souveraine étant à la résidence des chantevoix pour assister à l'épreuve de Jack et Jessie, les jumeaux décidèrent de s'y rendre. Il y avait peu de chance pour que la barrière de protection surplombant le manoir leur soit à nouveau ouverte. Pourtant, à leur grand étonnement, ils parvinrent à traverser le dôme. Le majordome les conduisit dans une petite pièce où la reine les rejoignit quelques minutes plus tard.

Marguerite prit la parole et expliqua à Una les dangers qu'elle courait. Celle-ci fut touchée par cette preuve d'amour de sa fille. Elle savait que la jeune femme n'avait pas apprécié les émotions vécues durant la deuxième épreuve et qu'elle lui en attribuait la responsabilité. Elle tenta donc de bien choisir ses mots lorsqu'elle lui dit refuser de croire qu'on pourrait lui faire du mal.

– De plus, je suis parfaitement protégée, assura-t-elle à ses enfants.

Le frère et la sœur étaient au bord du découragement... Pourquoi leur mère s'obstinait-elle à ne croire qu'en la bonté des gens alors qu'elle était tout à fait consciente qu'une société comme la SPAL existait ?

– Elle se cache la tête dans le sable ! marmonna Marguerite pour elle-même lorsqu'ils furent sortis de la pièce.

Ils décidèrent de prendre les choses en main, une fois de plus. Avant de quitter le manoir, ils demandèrent de voir Zaël, le plus jeune des trois chantevoix présents lors de l'épreuve. Les aspirants l'avaient trouvé sympathique et sentaient qu'il pourrait être un bon allié. Ils souhaitaient le convaincre de scruter les pensées des Lénaciens et de trouver celui qui préparait un tel plan.

Le sirène aux cheveux rouges refusa catégoriquement. Il ne pouvait pas à nouveau déroger au code d'éthique des chantevoix, on l'avait bien averti.

– De plus, poursuivit-il, une incursion dans la tête de tout un peuple de sirènes demande énormément d'énergie et nous devons déjà surveiller en permanence les syrmains à la surface. Il est impératif que nous ne nous épuisions pas en vain. Il y va de la sécurité de tout notre peuple et pas seulement d'un individu, fût-il aussi important que notre souveraine. Nous avons fait une exception à notre mandat en acceptant de participer à votre dernière épreuve ; c'est suffisant !

La réponse de Zaël indigna Marguerite. Elle pensa à son père, et à toutes les fois où le don des chantevoix aurait pu servir à protéger des innocents...

* *
*

De retour au palais, Marguerite reçut une lettre de Mobile l'avisant que l'invitation officielle qu'elle lui avait demandée parviendrait à sa mère sous peu. Il viendrait lui-même chercher la jeune femme à Lénacie dans quelques semaines. Il était on ne peut plus heureux et attendait avec impatience ce moment. Cette missive remplie de mots d'amour et d'espoir lui redonna le sourire.

Ce n'est que lorsqu'elle se changea pour le repas du soir que son regard tomba sur la broche d'union que Mobile lui avait envoyée quelques semaines plus tôt. Dès lors, elle soupçonna que le prince s'était peut-être mépris sur ses intentions. Mobile avait-il pris sa requête de le rejoindre à Lacatarina comme une acceptation voilée de sa demande en mariage ?

*　　*
*

Tandis que Hosh et Marguerite mangeaient dans la grande salle, Jack et Jessie revinrent de leur épreuve. Ils avaient les traits tirés et leurs expressions variaient sans cesse entre le soulagement et une profonde déception. « Ils doivent regretter de ne pas régner pour vrai, même si c'était sur un royaume complètement détruit ! » pensa Marguerite.

La dernière épreuve étant terminée, les souverains et les évaluateurs s'enfermèrent dans la pièce aux écrevisses pour délibérer à huis clos.

Une grande agitation s'empara du palais. Bientôt, les prochains souverains seraient nommés et une splendide fête soulignerait cette annonce. Les cuisines bourdonnaient d'activités, les couloirs étaient nettoyés et les décorations de la grande salle changées. Deux nouveaux trônes-coquillages furent même ajoutés aux côtés de ceux d'Una et d'Usi.

Au milieu de tout ce brouhaha, Jack, Jessie et Alicia chuchotaient dans un coin. De petits groupes de conseillers s'étaient formés dans les couloirs et attendaient impatiemment l'annonce de la nomination des nouveaux souverains.

Pour leur part, Marguerite et Hosh s'étaient enfermés dans le salon privé de la reine. Hosh était vert de nervosité. « Nous *devons* l'emporter », ne cessait-il de répéter. Sa jumelle n'aurait jamais cru que l'attente serait si difficile. Elle avait l'impression que toute sa vie reposait entre les mains des évaluateurs. Soudain, son regard devint vague.

– Marguerite ? murmura Hosh. Est-ce une nouvelle vision de Pascale ?

En effet, Pascale, une main posée sur le dauphin, était en train de transmettre à Marguerite plusieurs images qu'elle avait recueillies dans les deux dernières heures. Une vague de panique semblait avoir atteint les hautes sphères de la SPAL. L'aspirante voyait des sirènes courir partout, des documents être déchiquetés par des poissons-broyeurs, des portes d'algues condamnées puis cachées...

Marguerite fut brusquement tirée de cette vision par la première sirim d'Una, qui entra dans le salon suivie de Ninan, un garde de l'équipe de recherche sur la SPAL mise sur pied par Una. Il demandait à rencontrer la reine. Lorsqu'il apprit qu'elle n'était pas disponible, il leur fit part d'un message de la plus haute importance à transmettre à la reine. Étant donné que la souveraine avait admis ses enfants dans leurs dernières réunions, il savait qu'il pouvait leur faire confiance. La première sirim d'Una resta respectueusement en retrait, prête à reconduire Ninan.

– Je vous prie de dire à la reine que cette nuit, nous avons arrêté trois individus masqués dans les couloirs du château. Sur l'un d'eux, nous avons trouvé ce médaillon, ajouta Ninan en remettant le bijou à Marguerite. En attendant les ordres de notre souveraine, aucun moyen n'est écarté pour les faire parler et le chef est persuadé d'y parvenir à l'intérieur de trois chants.

« Voilà pourquoi les dirigeants de la SPAL paniquent ! » transmit Hosh à sa sœur.

Le garde, précédé de la première sirim, sortit. L'aspirante prit le temps d'observer le médaillon au creux de sa main. Elle y découvrit le même dessin que celui gravé sur la bague offerte par Aïsha l'été précédent, et qui lui permettait de quitter la cité par un passage secret. Se pouvait-il qu'elle vienne de trouver la troisième clé ? Madame Bloom en avait une, Aïsha avait eu l'autre et maintenant celle-ci. « Grand-mère a dit qu'il y en avait cinq. Il n'en manquerait donc plus que deux... » pensa la jeune femme.

Un chant plus tard, Marguerite reçut une nouvelle transmission de Pascale. Les responsables de la SPAL s'étaient réunis d'urgence.

– Hosh..., bredouilla l'aspirante au fur et à mesure qu'elle prenait connaissance du message, nous avons remporté les épreuves et la course à la couronne... Le petit-fils de madame de Bourgogne paiera pour la décision de sa grand-mère... Son vote était décisif, mais elle a décidé de rester impartiale malgré les menaces...

Une attaque est imminente au sein même du château... Le danger viendra de la première sirim de la reine.

Sa vision prit fin abruptement et Marguerite lança un regard horrifié à son frère. Sans attendre, ils s'élancèrent vers la salle aux écrevisses pour intercepter leur mère.

- 14 -

Révélations

Les jumeaux avançaient aussi vite que leurs nageoires le leur permettaient. Marguerite vit Hosh, devant elle, tourner dans le couloir de droite. Elle prit le même chemin et constata que son frère avait disparu. Tournant la tête à sa recherche, elle aperçut la première sirim de sa mère, un gourdin à la main, qui sortait d'une alcôve où elle s'était cachée.

Le coup fut rapide et particulièrement fort. Marguerite bascula dans l'inconscience.

À son réveil, la jeune femme eut l'impression que sa tête pesait une tonne. Un affreux mal de crâne l'assaillait et elle peinait à soulever ses paupières. En voulant porter une main à son visage, elle s'aperçut que ses poignets étaient attachés derrière son dos. Se pouvait-il que

Pascale ait commis une terrible erreur et que l'attaque ne fut pas dirigée contre la reine, mais contre Hosh et elle ?

Le résultat des délibérations des évaluateurs n'avait même pas pu être officiellement annoncé à la population que les enfants d'Una étaient enfermés dans une cellule, ligotés comme de vulgaires voleurs.

Le sol, les murs et le plafond de la pièce étaient couverts d'algues brunes légèrement phosphorescentes, semblables à celles que Marguerite avait aperçues dans le manoir des chantevoix. Le courant d'eau était faible et l'eau très sale, même légèrement opaque.

– Est-ce que ça va ? s'enquit Hosh, à côté d'elle.

– Je crois que oui. Sais-tu où nous sommes ?

– Je parierais sur les sous-sols du palais, mais peut-être sommes-nous à l'extérieur du château. Je n'ai aucune idée du temps écoulé depuis qu'on nous a assommés...

Les jumeaux ne respiraient pas très bien. Ils avaient de la difficulté à extraire l'oxygène dans une eau aussi impure.

Soudain, les algues de la porte s'entrouvrirent et leur tante Alicia fit son entrée. Son visage était encore plus blafard qu'à l'habitude et ses yeux étincelaient d'une lueur de démence. Un sourire sadique déformait ses traits. « Elle est devenue folle ! » craignit Marguerite en la voyant.

Alicia s'avança vers ses neveux avec un air à mi-chemin entre le mépris et la supériorité.

– Puisque vous mourrez, leur dit-elle de sa voix hautaine, aussi bien savoir pourquoi.

« Elle est vraiment folle ! » se répéta Marguerite en tirant de toutes ses forces sur ses liens, même s'ils lui brûlaient la peau des poignets.

– Un soir, lorsque j'étais adolescente, commença leur tante comme si elle s'apprêtait à leur raconter un conte de fées, j'ai suivi mon père en cachette. Ça faisait plus de deux mois que je constatais qu'il quittait la maison trois fois par semaine dès qu'il me croyait endormie dans ma chambre. Je l'ai vu pénétrer dans la grande demeure de mon amie Lia et comme je connaissais bien la résidence, je me suis cachée dans une petite alcôve menant au sous-sol. Un groupe de sirènes y était réuni. J'ai toujours eu une parfaite maîtrise de mes mouvements et personne ne m'a sentie vibrer, révéla Alicia fièrement.

« Nous étions à l'aube de l'arrivée des nouveaux aspirants et j'ai passé au moins deux chants à écouter les discussions soulevées par le groupe. J'ai vite compris que ce n'était pas vraiment les épreuves qui décidaient des futurs souverains, mais plutôt ces sirènes dont je ne distinguais pas le visage, de ma cachette. »

« Elle venait de découvrir la SPAL ! » déduisit Marguerite.

— Dans les jours qui ont suivi cette découverte, je suis revenue en catimini dans leur repaire en leur absence. En fouillant, j'ai trouvé des rouleaux d'algues qui retraçaient les activités d'une société secrète – la SPAL – depuis que mon ancêtre, le sirène Tomnett, avait échoué aux épreuves.

« Tomnett n'a jamais accepté d'être évincé de la course. Il voulait régner coûte que coûte ! Il était très patient et persévérant... Il a donc créé son propre réseau de contacts afin de reprendre ce qui devait lui revenir. Malgré tous ses efforts, il n'est pas parvenu à obtenir sa place sur le trône. Il a cependant réussi à transmettre à son fils aîné son désir de diriger le royaume, et ce, même s'il devait le faire dans l'ombre. Celui-ci et tous ses descendants ont donc continué de parfaire le projet de Tomnett. Lorsqu'à seize ans j'ai découvert la liste des dirigeants de cette organisation secrète, j'ai compris que le vrai pouvoir dans ce royaume leur appartenait. Tous les membres avaient d'une manière ou d'une autre, par leur travail ou par les membres de leur famille, une grande influence sur les décisions des souverains et sur le bon fonctionnement de Lénacie. Je DEVAIS en faire partie ! »

« Fais-la parler, ordonna Hosh à sa jumelle par la pensée. Mes liens semblent se relâcher tranquillement. » Marguerite acquiesça d'un discret signe de la tête et tenta de confronter un peu sa tante.

– Peu importe votre petite société, lui lança-t-elle sur un ton de défi, les souverains ont un droit de veto absolu sur toutes les décisions prises pour le royaume. Ne faisant plus partie de la famille royale, vous auriez dû réaliser depuis longtemps que vos ambitions ne pouvaient vous mener bien loin. Comme vos ancêtres, vous n'avez aucune possibilité de régner !

– Idiote ! répliqua vertement sa tante. Penses-tu vraiment que les souverains sont des êtres supérieurs ? Ils ont des faiblesses, comme n'importe quel sirène. Et un être faible est un être qu'on peut manipuler. À seize ans, je savais déjà que je ne pourrais jamais m'asseoir sur un des grands trônes en coquillages roses.

Cependant, je pouvais réussir là où mon ancêtre avait échoué. Je pouvais diriger ce royaume dans l'ombre. Mon plan était simple...

Marguerite lança un coup d'œil à son frère qui se démenait toujours avec ses liens. Il lui fit de gros yeux et elle comprit qu'elle ne devait pas attirer l'attention de sa tante sur lui. Trop tard...

— J'ai pris un énorme risque, continua Alicia en s'approchant de Hosh pour resserrer fortement ses liens. Pas question que j'entre par la petite porte. Les dirigeants de la SPAL devaient savoir rapidement à qui ils avaient affaire. Je me suis donc directement adressée aux membres dirigeants et je leur ai demandé audience. J'avoue qu'ils ont hésité à m'admettre dans leurs rangs, confia-t-elle avec un sourire nostalgique. À part être la descendante directe du fondateur de l'ordre, je n'avais rien accompli qui justifiait mon adhésion. Mais j'avais tout prévu. Je leur ai offert un marché en or. Je m'arrangeais seule pour que leurs favoris à la couronne, Usi et Una, réussissent haut la main leur premier stage au cours de la deuxième année de compétition et ils m'acceptaient parmi eux. Le marché fut vite conclu.

— Les stages ont été trafiqués ? s'insurgea Marguerite en essayant toujours de gagner du temps.

Alicia éclata de rire devant tant de naïveté.

– Au cours de l'hiver, expliqua-t-elle, je me suis fait engager au centre de la sécurité. J'y avais eu mon dernier apprentissage-pratique et j'avais été très efficace. De fil en aiguille, on a, comme par hasard, décidé que je deviendrais le bras droit des aspirants Usi et Una pour leur premier stage, qui y aurait justement lieu. Qui, croyez-vous, les a aidés à trouver des solutions à tous les problèmes que j'avais moi-même provoqués ?

– Mère s'en serait aperçue, répliqua Hosh.

– Je dois avouer qu'Una était beaucoup plus maligne que je l'avais d'abord pensé. Elle se doutait que j'étais à l'origine d'une attaque massive de murènes dans le quartier Sud de Lénacie, mais je participais à une chasse à quelques kilomètres de la cité ce jour-là. Una a été forcée d'admettre que même si la murène était mon allié naturel, on ne pouvait pas m'attribuer la responsabilité de tous ses méfaits.

« Tout a fonctionné comme sur des roulettes. Non seulement ont-ils réussi haut la main leur premier stage, mais en plus, j'étais parvenue à attirer l'attention d'Usi et à développer une certaine complicité avec sa sœur jumelle. La première phase de mon plan était réussie.

« Neuf ans plus tard, à vingt-cinq ans, je devins le plus jeune membre dirigeant de la SPAL et j'exigeai le secret absolu sur ma nomination afin de conserver l'anonymat au sein des sphères inférieures. »

Marguerite avait de plus en plus peur de la lueur de folie qu'elle percevait dans les yeux de sa tante. Elle commençait à comprendre qu'Alicia avait consacré toute sa vie à un but ultime : régner sur Lénacie ! Mais contrairement à de vrais souverains honnêtes et transparents, Alicia avait toujours planifié, manigancé et organisé des complots pour arriver à ses fins.

– Il était plus que temps que j'entame la deuxième phase de mon plan : épouser Usi. Juste avant ma nomination, Cérina avait été choisie pour devenir sa femme, mais c'était mal me connaître ! En effet, Usi était pour moi l'époux idéal. Il ignorait tout de la SPAL. Il était ambitieux et n'avait pas trop de scrupules. Le seul point que j'avais à lui reprocher était son amour pour sa sœur jumelle. Tous les deux, nous aurions pu aller si loin s'il s'était décidé à lui prendre quelques ministères de plus. Mais non ! Il ne voulait pas blesser Una ! Pfff ! Heureusement, j'avais une autre carte dans mon jeu : les frolacols...

À la mention de ce nom, un frisson d'horreur parcourut l'épine dorsale de Marguerite.

— Quelques années avant mon mariage avec Usi, je les avais retrouvés et j'avais établi un contact avec eux. Je leur faisais parvenir régulièrement de la nourriture, des médicaments et toutes sortes de babioles. En contrepartie, ils me rendaient de petits services. Ils avaient déjà réussi à empêcher un chargement de perles d'atteindre la cité et à intercepter le courrier que les souverains envoyaient aux autres royaumes. Tous leurs petits services me permettaient de garder un certain contrôle sur les ministères d'Una.

« Les choses ont cependant failli changer lorsque votre mère s'est mariée. Mat prenait un peu trop de place... Il fouinait partout et posait beaucoup de questions. La reine recommençait à avoir de sérieux soupçons sur mon véritable rôle dans le palais. Vous comprendrez que je devais faire quelque chose. Ce fut si simple, se souvint-elle. J'ai conclu une entente avec les frolacols en un rien de temps en échange de quelques tridents. »

Hosh et Marguerite échangèrent un regard horrifié. Leur tante avait donc ordonné l'assassinat de leur père ! « Je vais la tuer ! » cracha télépathiquement Hosh.

— Il ne manquait alors plus qu'une chose à la SPAL, poursuivait Alicia sans se soucier des émotions qu'elle déclenchait chez ses prisonniers, le pouvoir absolu ! Et moi, je pouvais y parvenir. J'étais la seule à avoir la possibilité de réunir un jour membres de la SPAL et souverains. Depuis longtemps, j'avais établi que MES enfants régneraient ! Et pour ce faire, je dois me débarrasser de vous !

Avec un nouveau sourire de satisfaction, leur tante leur annonça qu'il ne leur restait que quelques chants pour se dire adieu.

– Ensuite, expliqua-t-elle calmement, le manque d'oxygène, combiné à une substance hallucinogène dégagée par ces plantes qui recouvrent les parois de votre cellule, vous rendra à moitié fous d'ici demain matin. Vous commencerez d'abord par divaguer, puis vous perdrez conscience.

Alicia se dit tout de même bonne joueuse : elle ne les tuerait pas... du moins pas physiquement. Quelqu'un les découvrirait, seulement, il serait trop tard. C'est une mort neurologique qui les attendait. Marguerite serait réexpédiée à la surface et on prendrait bien soin de Hosh dans la nageoire des patients amnésiques. S'ils en doutaient, les enfants d'Una n'avaient qu'à se rappeler les malheureux disparus de l'été dernier, qu'on avait retrouvés complètement séniles. Alicia précisa qu'il était vain d'essayer de communiquer avec leurs alliés.

Elle se tourna vers Hosh et lui rappela que les requins ne pouvaient pas entrer dans la cité. Puis, à Marguerite, elle annonça que les jeunes membres de l'organisation s'étaient mobilisés pour s'assurer que tous les dauphins de la cité ingurgitent des poissons contenant une dose de somnifères.

Leur tante les observa encore quelques secondes comme s'ils n'étaient que de petites crevettes insignifiantes, puis elle leur tourna définitivement le dos et sortit de leur cellule sur ces prédictions mortelles.

Les heures semblèrent vouloir donner raison à Alicia. Marguerite s'épuisait à essayer de défaire ses liens. Ils étaient si serrés ! Ses poignets étaient en sang, la peau ayant été déchirée par le frottement. L'eau salée augmentait la souffrance ressentie. Mais elle n'en avait cure. « S'il le faut, je vais briser un os de ma main, mais je ne mourrai pas ici, stupidement attachée ! » C'était toutefois beaucoup plus facile à dire qu'à faire.

Hosh aussi se débattait de son côté avec l'énergie du désespoir. Il avait entrepris de frotter ses liens sur les aspérités de la pierre. À voir l'eau rougir autour de lui, sa sœur devinait que ce n'était pas seulement la corde d'algues qui s'abîmait sur la pierre.

Même si sa tante lui avait affirmé que les dauphins avaient été neutralisés, Marguerite tenta d'appeler les dauphins de la cité à leur secours à plusieurs reprises. Elle dépensait beaucoup d'énergie chaque fois et avec les heures, reprendre son souffle devenait de plus en plus difficile. Elle s'en sortait néanmoins beaucoup mieux que son jumeau, grâce aux branchies supplémentaires qu'elle avait derrière la nuque.

« Je l'ai ! » entendit-elle distinctement dans sa tête. Hosh venait de défaire ses liens. Il s'élança vers sa sœur et s'acharna sur les siens.

– Oublie mes liens ! lui cria Marguerite. Il faut d'abord que tu trouves une façon de nous sortir d'ici.

Hosh se rua vers la porte. Aucune fente entre les algues n'était suffisamment grande pour qu'il essaie de les écarter. Rien dans la pièce ne pouvait servir de bélier et il savait d'expérience qu'il était inutile de donner un coup d'épaule dans quelque chose d'aussi absorbant. Épuisé, il sombra sans crier gare dans l'inconscience.

Lorsqu'elle vit son frère flotter à quelques mètres d'elle, Marguerite céda à la panique. Elle avait déjà cru le perdre une fois cet été, en rêve, c'était suffisant. Pas question que les prédictions d'Alicia se réalisent ! Qui pouvait bien les sortir de là ?

La jeune femme pensa immédiatement à Neptus. L'écaille transparente du dragon des mers pendait au collier que portait Hosh. Mais comment l'atteindre ? Malgré la douleur, Marguerite tira encore plus fortement sur ses liens. Rien à faire ! « De toute façon, analysa l'aspirante, il est dans une autre cité avec grand-mère et il arriverait trop tard.... Réfléchis, Marguerite, réfléchis... »

Les chantevoix ! Pourquoi ne pas y avoir pensé plus tôt ! Mais comment les appeler s'ils refusaient de scruter les pensées des sirènes de Lénacie ? Marguerite essaya de se calmer. Elle se concentra de toutes ses forces. Jamais elle n'avait désiré quelque chose aussi ardemment. Ils devaient l'entendre coûte que coûte.

Sous l'effort, la jeune femme vit l'eau se mettre à tourbillonner dans la pièce. Elle n'y prit pas garde et continua à appeler les chantevoix. Sa vue se brouilla lentement et bientôt, la nuit s'empara de son esprit.

Les choix d'un roi

Dix jours plus tôt...

Au moment même où Marguerite et Hosh lui révélaient l'existence du trésor du clipper, Pascale comprit qu'ils venaient de lui garantir une ascension rapide vers les plus hautes sphères de la SPAL.

Grâce à cette fortune, elle pourrait prouver son dévouement envers l'organisation.

L'année précédente, le chef du deuxième palier lui avait parlé des deux façons d'être promu au sein de la SPAL : mériter sa place ou l'acheter. Comme Pascale n'avait pas beaucoup de temps devant elle, elle choisit la seconde option. Il fallait cependant qu'elle prenne garde, car son chef actuel était très ambitieux et il pourrait très bien lui couper l'eau sous la nageoire.

Lorsqu'elle salua Marguerite et Hosh, sa décision était déjà prise : elle irait chercher le trésor seule. Il lui fallait maintenant une excuse pour quitter Lénacie.

Le lendemain, dès le troisième chant de la mi-journée, elle sortit de la cité avec le char de son père. À ses côtés reposaient un trident et trois gros thons morts. Elle fila jusqu'à la cachette des aspirants près du clipper et remplit la carcasse de deux des poissons d'autant de bijoux qu'elle le put. « Si je me fais arrêter au retour, je dirai que j'étais partie chasser et je leur offrirai un des thons », imagina-t-elle. Étant donné que personne ne l'intercepta, elle recommença son manège le lendemain. Cette fois, deux membres de la SPAL l'apostrophèrent innocemment à quelques mètres de chez elle. Elle leur servit son histoire et ils la crurent.

– La prochaine fois que tu voudras chasser, ajouta toutefois l'un d'eux avant de partir avec un des thons, envoie-nous un poisson-messager. C'est beaucoup trop dangereux pour une sirène seule de se promener dans l'océan. Nous sommes là pour nous entraider, ne l'oublie pas !

« Je n'oublie surtout pas que je suis surveillée... » se dit Pascale, qui avait très bien compris l'avertissement.

Elle décida de ne pas faire le troisième et dernier voyage. Elle avait amplement de joyaux pour acheter sa place dans l'organisation. Cependant, un autre problème se posait : comment remettre le trésor aux dirigeants de la SPAL en personne sans connaître leur identité ?

« Si je ne peux aller à eux, c'est eux qui doivent venir à moi ! » statua-t-elle. Le lendemain, elle mentionna donc à six sirènes membres qu'elle avait hérité de la fortune cachée de sa grand-mère maternelle et qu'elle avait décidé d'en faire don aux œuvres soutenues par l'organisation. La rumeur faisant son chemin, un requinoi lui parvint deux chants plus tard. Elle était officiellement acceptée parmi les membres de l'avant-dernier palier. Elle comprit que la dernière place ne s'achetait pas : elle devrait la mériter...

*   *
*

Le but que Pascale poursuivait depuis un an n'avait jamais changé. Il se résumait facilement : découvrir l'identité des dirigeants de la SPAL et transmettre l'information à la reine. La veille, lors d'une réunion des membres de l'avant-dernier palier, l'ex-aspirante avait joué sa dernière carte. Elle confia à un de ses collègues avoir des renseignements privilégiés concernant les jumeaux Hosh et Marguerite à communiquer aux dirigeants de la SPAL... des informations qui les empêcheraient de régner !

En réalité, Pascale ne disposait pas de tels renseignements, mais elle saurait bien en inventer. La teneur du mensonge n'avait pas beaucoup d'importance, étant donné que la reine la protégerait dès qu'elle découvrirait qui était à la tête de l'organisation.

Son histoire avait atteint sa cible. L'estomac noué, Pascale se dirigeait maintenant vers un restaurant du quartier Ludo. Elle ne devait pas montrer un seul signe de nervosité. La jeune sirène était consciente qu'elle et son discours seraient observés, soupesés et analysés dans les moindres détails et le souvenir du sort réservé aux sirènes reconnus coupables de traîtrise était bien frais dans sa mémoire.

Dès son arrivée, on l'invita à se rendre dans une salle privée du restaurant où une trentaine de sirènes étaient réunis. Observant tout un chacun, elle notait les noms des personnes présentes. Lorsque Coutoro et Cérina firent leur apparition, elle se cacha dans un coin de la pièce en faisant mine d'être subitement très intéressée par le contenu de la carapace qu'elle tenait entre ses mains.

La chance lui sourit. Le fils du propriétaire d'une usine s'approcha et tenta d'entamer une conversation avec elle. Pascale réussit habilement à soutirer une confidence de taille à ce sirène qui avait un peu trop abusé de la sève de plioré fermentée : le roi Usi ne faisait pas partie de l'organisation.

Au même instant, la porte d'algues s'ouvrit et une dizaine de sirènes en liesse pénétrèrent dans la salle. Au centre de la troupe se trouvait la première sirim de la reine que tous félicitaient. Pascale ne laissa pas paraître sa surprise de découvrir que cette sirène faisait partie de l'organisation secrète. Elle s'arma de son plus beau sourire et s'informa de l'exploit accompli.

On lui apprit que la servante de la souveraine avait réussi à capturer les aspirants Marguerite et Hosh. La rumeur voulait que les deux jeunes gens aient ensuite été pris en charge par le chef de la SPAL en personne.

Pascale, tremblante devant le sort réservé à ses amis, comprit dès lors que le temps était compté. Elle était bien placée pour savoir que l'organisation était capable de tout.

Elle s'éclipsa de la salle et traversa la place centrale de la cité. Elle devait prévenir la reine le plus rapidement possible ! Avançant aussi vite que le lui permettaient ses nageoires, la jeune femme frémissait à l'idée d'arriver trop tard pour sauver la vie de celui qui occupait ses pensées depuis un an.

À l'approche du palais, une nouvelle préoccupation l'assaillit. « Comment vais-je y entrer ? » se demanda-t-elle nerveusement. Le jugement rendu l'été précédent lui interdisait l'accès au château, aucune des portes d'algues ne s'ouvrirait à son approche. Pourtant, elle devait pénétrer dans la forteresse à tout prix !

« Mais... se pourrait-il que je sois aussi chanceuse ? » se demanda l'ex-aspirante en reconnaissant le garde qui veillait sur l'entrée de l'aile droite. Un membre de la SPAL !

La jeune femme devrait utiliser toute sa force de persuasion. Heureusement, cela faisait plus d'un an qu'elle s'exerçait à inventer, cacher et transformer la vérité sans jamais se faire prendre.

— On m'avait dit que ce serait toi qui serais en poste, lui dit précipitamment Pascale. On t'a bien prévenu que j'arrivais, n'est-ce pas ?

— Non. Que se passe-t-il ? demanda-t-il aussitôt, intéressé par l'air mystérieux de la belle sirène qui gravissait les échelons de la SPAL à une vitesse incroyable.

– Je suis en mission spéciale pour l'avant-dernier palier. Ton rôle devait être de me laisser entrer dans le palais. Celui qui a oublié de te prévenir le paiera cher, tu peux me croire.

Pascale voyait bien que les pensées se succédaient dans la tête du garde. Devait-il la croire ? La laisser entrer pouvait lui coûter son poste au palais. D'un autre côté, l'empêcher d'accomplir sa mission pourrait lui coûter bien plus cher et il le savait.

Jetant un regard autour de lui, le garde donna un coup de queue vers la gauche, libérant ainsi le passage à Pascale. Sans attendre, la jeune femme se précipita dans le palais.

Sitôt entrée, elle nagea vers les appartements de la reine. Elle évoluait le plus près possible du plafond, souhaitant rester dans l'obscurité. Elle n'avait pas parcouru le quart de la distance qu'au détour d'un corridor, elle tomba sur le roi accompagné d'un garde.

– Que fais-tu ici ? l'interpella-t-il, l'air encore plus furieux qu'à l'habitude. Qui t'a permis d'entrer ?

Pascale éluda la question et décida de faire confiance à son monarque. Après tout, elle savait désormais qu'il ne faisait pas partie de la SPAL.

– Hosh et Marguerite sont en danger ! révéla-t-elle. La première sirim de votre sœur ainsi que quelqu'un d'autre dont j'ignore encore l'identité ont manigancé pour les faire enlever.

La jeune femme n'en dit pas plus. La peur, la tristesse et la déception s'entremêlaient dans les yeux du roi.

– D'où tiens-tu ces infor...

Usi s'interrompit alors en fixant un point derrière Pascale, les yeux agrandis par la surprise.

Pressentant une présence, Pascale se retourna. Elle vit un sirène de son âge, aux longs cheveux flamboyants, nager vers eux. La jeune femme avait entendu parler des chantevoix, mais c'était la première fois qu'elle en apercevait un en chair et en écailles. Que faisait-il en dehors du champ de protection du manoir ?

Le sirène aux yeux d'un mauve profond s'immobilisa à leur hauteur et posa sa main sur le bras d'Usi. Après quelques secondes, Pascale vit le roi trembler et ses yeux exprimer du remords. Le chantevoix hocha la tête comme le ferait un père qui encouragerait son fils à avouer un tort.

– Ils sont dans les sous-sols, affirma le jeune homme à la chevelure de feu. Il n'est pas trop tard.

Puis il repartit comme il était venu. Le souverain réagit immédiatement, enfin décidé. Il envoya le garde prévenir sa jumelle de mander un guérisseur et prit la direction des sous-sols. Pascale le suivit.

*   *

*

Marguerite essaya d'ouvrir les paupières. Son esprit voulait reprendre la maîtrise de son corps et de sa tête, mais une sensation d'engourdissement l'en empêchait.

Soudain, son sens de la vibration s'éveilla malgré elle. Quelqu'un tentait d'entrer dans la pièce ! L'image du visage dément de sa tante refit surface et l'aspirante trembla de peur. « Si elle revenait pour terminer son sale boulot ? »

– HOSH ! entendit-elle à travers les volutes d'inconscience qui la gagnaient de nouveau.

Marguerite entrouvrit les paupières et vit une magnifique sirène à la queue jaune orange striée de blanc enlacer son frère et le tirer à l'extérieur de l'eau viciée. Surgit alors le visage d'Usi. Usi ?!

C'était la fin ! Il venait l'achever à la demande de sa femme pour que ses propres enfants règnent sur Lénacie. L'esprit embrouillé, ce n'est que lorsqu'elle sentit la tension dans ses épaules se relâcher qu'elle comprit que ses liens avaient été sectionnés.

Usi passa le bras de sa nièce sur ses épaules et la soutint pendant qu'ils quittaient cette pièce maudite. Son oncle était en train de la sauver... Cela semblait impossible !

Usi la conduisait vers les appartements de la reine. Lorsqu'ils y pénétrèrent, Una s'élança vivement vers sa fille, complètement paniquée. Elle emprisonna Marguerite dans ses bras et ses lèvres laissèrent échapper un sanglot à fendre l'âme. Dans ses yeux cernés, on pouvait lire toute la peur et la souffrance que la certitude d'avoir perdu ses enfants lui avait causées.

— Sais-tu où est ton frère ? l'interrogea aussitôt la reine, anxieuse, pendant qu'un guérisseur examinait les plaies profondes qui encerclaient les poignets de sa fille.

À ce moment précis, Pascale pénétra à son tour dans la pièce, suivie de Mac et de madame de Bourgogne.

– Hosh est en sécurité à l'infirmerie, annonça l'ex-aspirante pour les rassurer. Aïsha et un garde ne le quitteront pas.

Marguerite en déduisit que sa grand-mère était de retour à Lénacie. La reine eut un profond soupir de soulagement. Elle prit ensuite une grande goulée d'eau de mer et redressa les épaules. Marguerite identifia dans le regard et dans l'attitude de sa mère tous les signes d'un prédateur se préparant à passer à l'attaque.

Dès que la porte d'algues se fut refermée sur le sirène-soignant, la reine prit la parole.

– Pascale, il est plus que temps que tu nous dises ce que tu as constaté durant toute cette dernière année où tu as fréquenté les membres de la SPAL.

Usi se tourna lentement, comme s'il voyait sa sœur pour la première fois. La bouche de Pascale, elle, s'entrouvrait et ses yeux s'agrandissaient de surprise. La reine savait !

Pascale raconta à sa souveraine son expérience au sein de l'organisation. Elle essaya de ne rien omettre et donna les noms des sirènes impliqués, dont Coutoro, Ced et Cérina.

– Seulement les hauts placés savent ce qui se trame vraiment au sein de la SPAL, affirma Pascale avec assurance. Les membres au bas de l'échelle voient l'organisation comme un bon moyen d'investir leur temps, leur énergie et souvent quelques perles afin d'enjoliver leur cité et d'améliorer la vie de ses habitants. Ils sont persuadés d'agir pour le bien de tous en plus d'avoir la possibilité de rencontrer des amis et de s'amuser. Ce n'est qu'en gravissant les échelons qu'ils doivent se salir les mains pour différentes tâches d'espionnage et d'autres magouilles de la SPAL. La nature réelle de ces tâches est dissimulée sous le couvert d'initiations.

La jeune femme raconta ensuite quelques-uns des méfaits dont elle avait été témoin au cours des derniers mois, puis elle se tut. La reine la remercia pour les précieuses informations qu'elle venait de leur fournir.

– Tu ne sembles pas surpris par ces déclarations, mon frère ! lança sèchement Una en se postant devant son jumeau.

Usi ne répondit pas à l'attaque à peine voilée.

Una lui énuméra tous les événements louches des dernières années, dont ceux qui avaient eu pour but d'éliminer de la course tous les aspirants qui affrontaient Jack et Jessie. Elle lui mentionna les modifications du jeu de Lou le Magnifique, les frolacols, le grand blanc, l'épidémie, la tentative d'empoisonnement de Marguerite sur le bateau du capitaine Jeff, l'effondrement de la grotte...

— Me croyais-tu aveugle ? demanda-t-elle, dégoûtée. Pensais-tu vraiment que je n'étais pas au courant de l'existence de la SPAL et de l'identité de son chef ? Voulais-tu éliminer mes enfants comme tu as ordonné la mort de Mat et de ses frères ?

Sous l'accusation, le visage d'Usi se décomposa.

— Je ne suis pas responsable du décès de ton mari, se défendit-il en fixant Una dans les yeux. Mais je te dois la vérité. Le jour de la mort de Mat, j'ai failli renoncer à régner. Lorsque tu t'es réfugiée dans mes bras sans pouvoir pleurer ni crier tant ta souffrance était grande, cela m'a frappé comme un rayon de trident en plein cœur ! Par la suite, c'est en constatant l'insensibilité de mon épouse que j'ai compris qu'elle avait tout manigancé.

Les yeux d'Una lançaient des éclairs et elle parvenait difficilement à rester en place. Elle fixait son jumeau en attendant la suite, espérant contre tout espoir qu'il n'avait vraiment rien à voir avec le malheur qui l'avait frappée, dix-sept ans plus tôt.

– Ce jour-là, j'ai compris certaines choses qui m'avaient échappé jusque-là. J'ai compris l'origine de cette dangereuse lueur que j'avais vue passer dans son regard, après son accouchement, lorsqu'elle m'a présenté avec tant de fierté les futurs héritiers du royaume. Dès leur naissance, la femme de ma vie avait pris la ferme décision d'éliminer tout ce qui pouvait nuire à l'avenir de nos enfants et à leur succession au trône.

Marguerite était fascinée par les souvenirs de son oncle. Elle reliait ces paroles à tout ce qu'Alicia leur avait raconté et les morceaux du casse-tête se mettaient en place.

– Lorsque plusieurs mois plus tard, j'ai salué Mat le jour de son départ vers la surface avec ta petite Sierrad, un mouvement dans l'attitude d'Alicia, une expression furtive sur son visage attirèrent mon attention. Mais je ne voulus pas le voir, ni l'admettre. Je savais sans savoir, Una, ce qui attendait tes deux amours ! Depuis, je dois vivre avec ces meurtres sur ma conscience !

La voix d'Usi se brisa tandis que son front se creusait de plusieurs rides. La lutte qu'il se livrait depuis tant d'années entre son amour pour sa femme et ses enfants, et celui pour sa sœur, devint visible aux yeux de tous.

— Le jour où Cap'tain Jeff est venu t'annoncer que la petite était en sécurité dans une famille d'adoption, j'ai fait le serment d'empêcher Alicia de te faire à nouveau du mal. J'ai tenté d'éviter qu'elle ne touche à un cheveu de la tête de Sierrad et de Hosh.

— Pourtant, tu savais pour les frolacols ! objecta Una.

— Oui, en partie..., avoua Usi. Mais avant d'en arriver aux frolacols, je dois te parler de ce qui a précédé cette attaque. Après le premier été d'épreuves et les résultats étonnants qui furent dévoilés, j'étais persuadé qu'Alicia mettrait les bouchées doubles pour que nos enfants réussissent au cours des étés suivants. J'ai donc cherché à la devancer dans ses plans. Bien sûr, je voulais moi aussi que nos enfants remportent la course à la couronne, mais sans faire trop de vagues et sans que la vie de quiconque soit mise en danger. C'est ainsi que j'ai eu l'idée de rendre ta fille malade sur le bateau, pour l'empêcher de venir ici. De plus, au cas où ça ne fonctionnerait pas, j'avais prévu libérer le virus de la varicelle dans le centre de soins. Il aurait fait en sorte que tes enfants échouent à leur stage. Le virus a eu des conséquences désastreuses que je n'avais pas prévues, car j'étais convaincu que la varicelle ne représentait aucun danger pour les sirènes...

« Cependant, avant que je puisse mettre mon plan à exécution, nous avons reçu l'invitation du roi Simon. Alicia est alors devenue plus distante, elle s'absentait souvent. Ça m'a pris un certain temps pour constater qu'elle me cachait quelque chose. J'ai découvert qu'elle n'avait pas pu s'empêcher de saisir l'occasion d'atteindre son objectif d'une façon plus rapide et... radicale. Elle s'est donc entendue avec Jessie pour envoyer Marguerite et Hosh à la chasse au requin blanc, à Lacatarina. « Rien de bien risqué, c'est l'allié naturel de Hosh ! » me suis-je dit. Mais pour plus de sûreté, j'ai pris toutes les dispositions nécessaires afin de m'assurer que le char que tes enfants utiliseraient là-bas soit tiré par un marlin. Ainsi, j'étais certain qu'ils pourraient fuir rapidement si le prédateur se retournait contre eux.

« En ce qui concerne les frolacols, j'ai appris leur retour beaucoup plus tard... beaucoup trop tard, devrais-je dire. Dès lors, j'étais encore plus déterminé à respecter mon serment et à me racheter pour ne pas être parvenu à empêcher la mort de Mat. J'ai surveillé les faits et gestes d'Alicia pendant des mois. Malheureusement, je n'ai pu prévoir la tragédie qui s'est déroulée dans la grotte.

À l'expression du visage de son oncle et au ton de sa voix, Marguerite comprit qu'il avait tout tenté pour déjouer son épouse, mais que certains indices lui avaient échappé, qu'il avait été dupé et aveuglé à de nombreuses reprises. Ne dit-on pas que l'amour rend aveugle ? L'amour d'Usi pour Alicia était, malgré tout, plus fort que tout.

– J'ai ensuite redoublé de vigilance, reprit le roi, et lorsque Coutoro a suggéré que nos enfants se rendent à Octavy, j'ai su qu'Alicia préparait autre chose. Une de mes sources m'a appris qu'une flotte de pêche bloquerait le passage aux jumeaux et que des sirènes à la solde de ma femme les rejoindraient. Là, ils devaient agir pour que tes enfants ne puissent réussir l'épreuve. Ma source en question devait s'organiser pour être parmi le groupe de sirènes envoyé par Alicia afin de nuire à Marguerite et Hosh, mais sans attenter à leur vie. J'avais aussi un de mes amis humains qui se trouvait sur le bateau principal, en cas de besoin. Tout a fonctionné selon mon plan et comme tu avais choisi toi-même la dernière épreuve, il n'y avait plus aucun danger. Même les manigances d'Alicia pour influencer le jury n'avaient aucune conséquence mortelle. J'étais enfin libéré de mon serment. Enfin... c'est-ce que je croyais jusqu'à ce que je rencontre Pascale dans le palais et qu'elle me parle du complot...

Marguerite observait à tour de rôle sa mère et son oncle, qui avaient régné ensemble pendant plus de vingt-cinq ans. Ils étaient si différents. Où était la vérité dans tout ce qui s'était dit ? Quelle était la réelle part de responsabilité d'Usi ? Pourquoi tout n'était-il pas noir ou blanc ?

— Pour l'instant, je ne peux pas accuser Alicia, avoua Una. Je n'ai rien contre elle, aucune preuve tangible, à part quelques témoignages. Tous les documents trouvés portent ta signature, mon frère.

Marguerite constata la surprise de son oncle. À l'évidence, il ne connaissait pas l'ampleur des agissements de son épouse aussi bien qu'il le croyait. Usi ne semblait pas au courant qu'Alicia contrôlait tous ses ministères en douce depuis des années. Pour lui, elle était son bras droit, à qui il demandait conseil et en qui il avait confiance.

— De plus, les membres de la SPAL protégeront ta femme, leur chef, poursuivit la reine.

— Et moi aussi..., affirma Usi dans un soupir.

Devant l'air surpris de sa sœur, il s'expliqua.

— Je refuse de témoigner contre mon épouse. J'ai le devoir de penser à mes enfants. Ils n'ont pas à vivre avec la honte des agissements de leur mère. Je veux qu'ils puissent marcher la tête haute. Et plus que tout, Una, même si tu ne peux pas le comprendre, je l'aime. Je l'aime de tout mon cœur, cette sirène.

— Tu as raison, je ne te comprends pas, dit Una en secouant la tête. J'ai néanmoins un devoir en tant que souveraine de ce royaume que tu sembles oublier. Celui de faire régner la justice.

— Alors accuse-moi à sa place ! ordonna-t-il calmement en levant le menton d'un air décidé.

- 16 -

Les choix d'une reine

– Mère a passé une entente avec Usi, expliquait Marguerite à Hosh, le surlendemain des révélations.

Ils étaient dans la chambre de son jumeau, toujours en repos forcé. Hosh n'avait repris conscience que depuis quelques chants et l'eau de la pièce était oxygénée au maximum pour éliminer rapidement toutes les toxines qu'il avait ingérées dans les sous-sols. Pascale était arrivée à temps ! Le spécialiste en botanique du royaume avait certifié qu'un demi-chant de plus et les toxines des algues auraient attaqué leurs facultés mentales.

Pour l'instant, le frère et la sœur étaient seuls, mais le guérisseur reviendrait sous peu.

– Usi a accepté de rester isolé dans ses appartements avec Alicia, Jack et Jessie pendant qu'Una décide de leur sort. Aucune communication avec l'extérieur ne leur est permise. Même leurs serviteurs habituels ont été remplacés par des gens de confiance. En contrepartie, Mère a consenti à ne rien dévoiler à la population concernant les agissements d'Alicia, tant qu'elle n'aurait pas décidé des sanctions. Les domestiques se posent bien sûr beaucoup de questions, mais personne n'a de réponses.

– Les membres de la SPAL sont-ils toujours libres ? bredouilla Hosh.

– Tous les hauts gradés ont été arrêtés, ainsi que ceux qui avaient commis des actes répréhensibles sous le commandement de l'organisation. Leurs biens ont été saisis et plusieurs maisons fouillées. Mère était finalement extrêmement bien renseignée ! Tout s'est fait en l'espace d'un seul chant et aucun sirène n'a pu s'échapper. Tu aurais dû voir ça !

– Et Pascale ?

– Elle est protégée en tant que témoin. Elle est gardée en isolement en attendant que sa sécurité soit assurée à l'extérieur du palais.

Hosh eut un sourire de satisfaction et il referma les yeux.

– Tu me caches quelque chose, affirma le jeune homme, qui connaissait sa sœur par cœur.

La gorge subitement trop serrée pour parler, Marguerite lui expliqua mentalement que le somnifère que les membres de la SPAL avaient fait ingérer aux delphinidés les avait empêchés de remonter respirer dans les bulles d'air créées par les aérodynamos de la cité. Des dizaines de dauphins coursiers étaient ainsi morts noyés. La soif de pouvoir d'Alicia avait fait plusieurs victimes innocentes...

L'âme d'aquarinaire de Hosh fut touchée. Il tendit la main pour enlacer les doigts de sa jumelle et lui transmit une vague de compassion. Après le meurtre d'Ange, sa sœur n'avait vraiment pas besoin de cette autre mauvaise nouvelle touchant ses alliés naturels.

Le guérisseur entra dans la pièce sur ces entrefaites. Il était temps de prendre congé. À sa sortie, Marguerite tomba sur sa grand-mère Aïsha.

– Grand-mère ! s'exclama la jeune femme. Tu as fait bon voyage ? Si tu savais tout ce qui s'est passé durant ton absence !

Aïsha étreignit sa petite-fille de toutes ses forces.

– C'est Neptus qui m'a obligée à revenir. Il y a quelques jours, il est devenu un peu fou. J'ai tout juste eu le temps de monter sur son dos qu'il empruntait le chemin vers Lénacie à une telle vitesse que j'ai cru qu'il signait mon arrêt de mort !

Marguerite sourit. Malgré son âge avancé, elle savait bien que sa grand-mère était dans une forme exceptionnelle et que ce n'était pas un peu de vitesse qui allait la clouer au lit.

– Savais-tu, ma belle, que tu as créé une vague de panique dans toute la cité ? ajouta Aïsha, visiblement fière de sa petite-fille.

– Moi ?! Mais je n'ai rien fait ! s'exclama la syrmain, surprise.

– Des vortex d'eau se sont formés en différents endroits dans le royaume et ont causé pas mal de dégâts. Personne n'a compris ces phénomènes, mais moi j'ai une petite idée de ce qui peut les avoir provoqués.

Marguerite attendait la suite, des points d'interrogation dans le regard.

– Je t'explique : le contact prolongé que tu as eu au début de la saison avec Neptus, combiné aux enseignements de ton père, a fait que le dragon des mers t'a transmis certaines caractéristiques propres à son espèce, comme celle d'invoquer le pouvoir de divers éléments de la nature. À ma connaissance, jamais un tel phénomène n'a été observé. On en parle comme d'une légende... Mais toi, Sierrad, il semble que tu sois en mesure de créer des perturbations subaquatiques.

— Mais comment ? Je n'en ai pas conscience.

— Je sais, affirma la vieille sirène en hochant la tête. Ta mère m'a raconté votre enlèvement et c'est ainsi que j'ai pu faire les liens entre ton pouvoir de télépathie, Neptus et les vortex d'eau. Je crois que, prisonnière et au comble du désespoir, tu t'es tellement concentrée pour appeler de l'aide que cela a déclenché tes dons.

— Pascale m'a dit que c'est un chantevoix qui lui avait appris où nous étions.

— Et comment donc ! Tes ondes télépathiques étaient si intenses qu'elles ont fracassé la coupole du manoir !

La jeune femme eut un sourire gêné. Elle avait dû faire peur à Zaël. Elle se sentait un peu dépassée par ses nouveaux pouvoirs.

– Compte tenu du fait que tu as hérité d'un don télépathique aussi puissant, je pense que les chantevoix accepteraient certainement de t'aider à le maîtriser.

Cette idée plut beaucoup à Marguerite. Peut-être pourra-t-elle ainsi apprendre à restreindre la communication mentale entre son frère et elle. Cela lui demanderait sûrement beaucoup de travail !

Alors qu'elle retournait ces nouvelles informations dans sa tête, sa mère entra dans la pièce. Aïsha et Marguerite se levèrent immédiatement, pressées d'apprendre les dernières nouvelles.

– J'ai arrêté ma sentence concernant ton oncle, avoua Una en s'adressant à sa fille. Je veux d'abord que tu saches que j'ai opté pour cette solution en tant que souveraine et non en tant que mère.

« Ça augure bien... » ne put s'empêcher de songer Marguerite, devenue anxieuse.

– Avant tout, il faut que tu comprennes que j'ai le devoir de protéger mon peuple. Je dois à tout prix le préserver des doutes qui pourraient naître concernant le système monarchique actuel et les épreuves qui déterminent les successeurs des souverains.

Marguerite approuva de la tête.

– Si les Lénaciens apprennent que leur roi et leur reine ont été manipulés par une société secrète, que les épreuves ont été trafiquées et que leur vie a été mise en danger, ce sera la débandade.

« Aussi, parce qu'il est mon frère, parce qu'il est le roi, parce que je veux reconnaître son sens de l'honneur et du devoir même si c'est de dernière minute, j'éviterai à Usi et à ses enfants le rejet de la communauté. Je vais lui offrir la seule porte de sortie que j'entrevois...

L'hésitation d'Una présageait que sa fille n'aimerait pas ce qu'elle entendrait.

– Une demande en mariage vient d'arriver des mers du sud, annonça la reine pendant que les joues de Marguerite se teintaient de rouge. Le roi Simon souhaite que son fils Mobile épouse une descendante de la famille royale, de préférence une descendante directe des souverains. Aussi, par retour d'émissaire, je lui proposerai la main de Jessie.

De pourpre, les joues de Marguerite tournèrent au blanc et Aïsha se précipita pour soutenir sa petite-fille qui montrait tous les signes d'un évanouissement prochain. Una poursuivit.

– S'il accepte ma proposition, Jessie épousera donc Mobile et Alicia quittera Lénacie avec sa fille. Usi accompagnera sa femme jusqu'au royaume des mers du sud pour la cérémonie. Toutefois, comme un roi peut difficilement vivre sur le territoire d'un autre monarque, il « décidera » d'aller habiter sur terre avec Jack. J'ai déjà pris une entente avec les chantevoix afin que dans trois mois, leur pouvoir de transformation leur soit retiré à tous les deux. C'est le temps que je leur allouerai pour qu'ils atteignent la surface. Après ce délai, jamais ils ne pourront revenir à Lénacie. Je suis consciente qu'Alicia va aussi bénéficier de ma décision, mais ce sera bien difficile pour elle, désormais, d'entrer en contact avec quiconque de Lénacie.

Marguerite, atterrée par cette décision, n'écoutait plus sa mère. Jessie épouserait Mobile ? Impossible ! Mobile... c'était son avenir à elle !!!

– Vous devez trouver une autre solution ! lança Marguerite en implorant sa mère du regard.

– J'ai exploré toutes les avenues. Ma décision est prise et elle est irrévocable.

– Mobile m'a déjà demandée en mariage ! Il ne peut pas épouser Jessie !

— As-tu accepté sa demande ? interrogea Una, complètement prise au dépourvu.

— Pas encore..., répondit Marguerite, des larmes d'affolement inondant ses yeux verts. Je n'avais pas trouvé le moyen d'allier mes responsabilités en tant que souveraine de Lénacie avec mon mariage à Lacatarina. Par contre, je n'ai jamais douté pouvoir y parvenir... surtout si vous m'aidez !

— Je suis désolée mon enfant, dit Una avec un air profondément affligé.

Marguerite comprit que sa mère ne changerait pas d'idée. La reine n'était pas venue la consulter, mais l'informer que sa décision était prise.

— Usi n'acceptera jamais d'être séparé de sa femme ! lança Marguerite en désespoir de cause.

— Mon jumeau a déjà exigé d'être accusé à sa place. Il sait que si les Lénaciens apprennent les agissements de son épouse, une mort certaine attend Alicia. La trahison est un crime impardonnable, ici. Crois-moi, il acceptera cette solution, puisque c'est le seul moyen de garder sa femme en vie et de protéger sa fille.

* *
*

Dans la soirée, Una rejoignit Marguerite dans sa chambre.

– Je sais que tu m'en veux, Sierrad. Je t'assure que j'ai cherché une solution différente, mais je n'en ai pas trouvé et le temps presse. Le roi ne peut pas rester enfermé pendant des jours sans que cela ait un impact sur les rumeurs qui circulent.

Una laissa à Marguerite le temps de prendre conscience que toutes les options avaient été envisagées, puis elle lui prit doucement la main.

– Maintenant, ma fille, je vais te poser une question qui exige une réponse claire. Quoi que tu décides, sache que je t'aime. Marguerite... acceptes-tu la couronne du royaume de Lénacie ?

Un grand calme envahit alors la jeune femme. Elle était à la croisée des chemins et elle le savait. Elle pensa à ses parents adoptifs. Elle se rappela la sensation du soleil sur sa peau et l'odeur du vent d'automne. Mais plus important encore : elle pensa à son frère et à sa mère, qui s'étaient taillés une grande place dans son cœur. Toute sa vie était désormais ici. Elle songea ensuite à Mobile. Elle sut alors que sa décision était prise depuis longtemps déjà. Una put le lire dans ses yeux et un sourire illumina ses traits.

Le destin venait définitivement de lui rendre son enfant.

*   *

*

Hosh et Marguerite acceptèrent officiellement la couronne de Lénacie. Une montagne de travail les attendait. Ils avaient tant à apprendre ! L'année de formation auprès des souverains avait été annulée, compte tenu de la quatrième année d'épreuves que les aspirants avaient dû accomplir. Le fait que Hosh ait passé toute sa vie au palais près de sa mère, la reine, légitimait également ce choix. En effet, le jeune homme était déjà familier avec les us et coutumes de la monarchie lénacienne.

Deux jours avant le couronnement, Marguerite reçut la lettre de Mobile qu'elle attendait tant. Elle se hâta de nager jusqu'à la pièce aux dauphins et s'y isola.

« Ma douce étoile de mer,

Je viens de prendre connaissance de ta missive. Tu m'as infiniment rassuré ! J'ai cru un instant que c'était peut-être ta volonté que j'épouse ta cousine.

Mon père m'a rencontré en privé avant-hier et m'a fait part de la proposition de la reine Una. Il m'a fortement conseillé de l'accepter, alléguant que je ne trouverais jamais un meilleur parti. Permets-moi d'en douter... Une rage sans commune mesure a pris possession de moi et j'ai les mains écorchées d'avoir frappé sur les murs de ma chambre. Ma déception était si grande que je suis resté pendant plus d'un chant devant ta statue à pleurer notre amour. Je ne peux croire ce qui nous arrive ! Je demeure persuadé que nos destins étaient faits pour être liés.

J'ai appris que tu étais officiellement destinée à devenir la reine de Lénacie. Je n'ai jamais douté que tu y parviendrais, même si je t'avoue avoir espéré le contraire à de nombreuses reprises. Ma petite perle... pourquoi a-t-il fallu que nous soyons tous deux héritiers d'un trône ?

Pour ma part, tu sais que je dois prendre la couronne de Lacatarina au décès de mon père. Aussi, écrire cette lettre me demande un effort que tu ne peux imaginer. En même temps que cette missive, les souverains de Lénacie en recevront une de mon père : la confirmation de mon mariage avec Jessie. C'est la mort dans l'âme que j'accepte mon sort !

Il y a longtemps que j'ai compris que mon royaume est plus important que mes désirs personnels. Étant donné que tu as accepté la couronne de Lénacie, je présume que tu en es venue à la même conclusion. Ceci est donc ma dernière lettre.

Je te garderai toujours dans mon cœur !

Ton prince xxx »

Marguerite tourna et retourna le rouleau d'algues entre ses mains. Rien ! Il n'y avait rien d'autre. Son prince l'abandonnait. Son amour pour elle avait-il été si éphémère qu'il ne se battait même pas un peu pour qu'ils soient réunis ? Elle se sentait trahie. Elle en voulait à Mobile de cette lâcheté.

À la troisième lecture, elle comprit que lui aussi avait dû se sentir abandonné. Elle avait accepté la couronne en sachant qu'il était le seul héritier du roi Simon et que huit mille kilomètres les séparaient... De surcroît, il l'avait appris par quelqu'un d'autre. Qu'avait-elle fait ?!

Les regrets s'emparèrent de son esprit et elle pleura toute la nuit un avenir qui ne serait jamais le sien...

*　　*
*

La nouvelle fit rapidement le tour de la cité : la fille du roi allait épouser le prince de Lacatarina. Le peuple se réjouissait pour elle et partout on acclamait Jessie comme si elle était la nouvelle souveraine de Lénacie. Cela donnait à Marguerite le goût de vomir !

Le couronnement des enfants de la reine Una eut lieu, et la fête dura une semaine.

Quelques jours plus tard, Jessie, Jack et leurs parents devaient partir vers les mers du sud. Depuis l'annonce du couronnement de Hosh et de Marguerite, Alicia était, selon la version officielle, tombée si malade qu'elle ne pouvait quitter ses appartements. On prétendait même qu'elle était en isolement. C'est donc Una qui veilla à ce que Jessie ait un trousseau digne d'une princesse de Lénacie. Marguerite, le cœur en miettes, se tenait loin de tous ces préparatifs.

Le jour du départ, Hosh et elle étaient dans l'obligation d'être présents. Heureusement, Mobile ne s'était pas présenté pour venir chercher sa future épouse. Jusqu'à la dernière minute, Marguerite avait craint de le voir arriver. Elle n'aurait pas supporté qu'il reparte avec une autre, alors qu'elle aurait tant voulu se blottir dans ses bras.

Un puissant chant d'applaudissements retendit lorsque Jessie, Jack, Usi et Alicia sortirent du château. Jessie adressa un grand sourire à la foule, mais son regard lança des éclairs lorsqu'il se posa sur les nouveaux souverains de Lénacie. Alicia avait beaucoup maigri, ses yeux étaient enfoncés dans leurs orbites et un pli d'amertume creusait son front. L'échec qu'elle venait de vivre l'avait anéantie.

Pendant que tous prenaient place dans le char royal tiré par deux marlins, Usi s'approcha de sa sœur jumelle et, sans un mot, l'embrassa sur le front. Marguerite pouvait lire les regrets dans les yeux de son oncle. Son ressentiment envers ses actes et ses décisions ne s'effacerait sans doute jamais, mais ce fragment d'humanité lui fit se demander ce que la vie de cet homme aurait pu être si, il y a de cela des années, Alicia n'avait pas pris possession de son cœur.

Avant que le signal du départ soit donné, Jessie quitta le char et s'approcha de Marguerite. Celle-ci eut du mal à retenir un mouvement de recul. Jessie pencha la tête vers sa cousine et,

feignant une accolade, lui glissa à l'oreille :
« J'aurai bientôt un mari que tu aurais bien aimé,
n'est-ce pas ? Avec lui, je gagnerai une couronne
et un royaume, mais ne crois pas que je vous
pardonnerai d'avoir usurpé mes terres et banni
mon frère et mon père... Je récupérerai ce qui
m'appartient d'une façon ou d'une autre et
plus vite que tu le crois. »

Une fois cette menace lancée, Jessie retrouva
son sourire et salua la foule de la main avant
de reprendre sa place au milieu des siens et de
quitter le royaume qui l'avait vu naître.

*   *

*

Même si la menace de Jessie avait ébranlé
Marguerite, la vie quotidienne se chargea de la
lui faire presque oublier. La jeune femme était
parvenue à se convaincre que sa cousine l'avait
menacée par dépit.

Sans les lettres de Mobile, sa vie de souveraine n'avait pas la saveur espérée. Trois mois
après son couronnement, Marguerite retenait
encore son souffle dès qu'un messager-coursier
entrait dans la grande salle. De déception en
déception, elle comprenait lentement que Mobile
ne lui écrirait plus.

Un soir, Una confia à sa fille un des plus grands secrets de la royauté. Ce secret se transmettait de l'ancienne souveraine à la nouvelle seulement. Una conduisit sa fille dans... la grotte de Neptus. Elle ouvrit le passage avec une bague comme celle que détenaient Marguerite et Hosh. La jeune femme s'abstint de dire à sa mère qu'elle savait déjà ce qu'elles y découvriraient. Una montra à sa fille le cristal noir de Langula et lui légua la responsabilité de veiller à ce que personne n'en découvre la cachette. Elle lui remit la bague et procéda à l'échange d'empreintes, comme Aïsha l'avait fait avec Marguerite l'année précédente.

– À partir de maintenant, Marguerite, prononça solennellement Una, une main sur chacune des épaules de la nouvelle reine, tu es officiellement la gardienne du secret d'Éva et de Neptus.

Voilà ! La boucle était bouclée. Ce soir-là, Marguerite comprit que la grande Éva avait choisi de faire confiance aux femmes de sa descendance. C'était donc les souveraines qui, tour à tour, veillaient sur le cristal. La jeune reine savait maintenant pourquoi sa mère n'avait pas été surprise qu'elle lui parle d'un dragon des mers au début de l'été. Elle mesurait également mieux les réactions d'Una devant leur empressement à vouloir retrouver la pierre après les révélations du soi-disant détective, l'année précédente. Elle leur avait dit : « Faites-moi confiance. Ce détective se trompe. Le cristal n'est pas dans une grotte à quelques kilomètres de la cité. » Marguerite et Hosh avaient cru que leur mère prenait toute cette histoire à la légère et leur désobéissance avait eu des conséquences désastreuses pour Pascale et Pascal.

Toutes les pièces du casse-tête prenaient enfin leur place.

*   *
*

La famille adoptive de Marguerite lui manquait beaucoup. Les syrmains avaient quitté le royaume deux mois plus tôt pour retourner sur terre et c'était la première fois que Marguerite restait derrière. Cynthia et Gaston avaient-ils compris sa décision ? Elle en doutait, même si elle savait qu'ils l'accepteraient... avec le temps. Elle regrettait ne pas avoir pris davantage de temps pour leur faire ses adieux. Son bal, l'hospitalisation de son père, l'incertitude devant le dénouement des épreuves... tout lui avait servi d'excuses pour éviter de voir la réalité en face et faire comme si elle allait revenir à la maison.

Le jour prévu pour le mariage de Jessie fut une journée particulièrement difficile. Au premier chant de la mi-journée, Marguerite se retira dans sa chambre et ouvrit un petit coffret en bois de plioré. Elle en retira le médaillon trouvé dans l'épave du clipper et l'observa. Combien de fois s'était-elle imaginée en train de l'offrir à Mobile ! Avec un profond soupir de déception, elle le passa autour de son cou et sortit du château.

Plusieurs des dauphins de la cité qui avaient survécu à la prise des somnifères l'entourèrent rapidement et se relayèrent pour quêter ses caresses. Ils finirent par lui arracher un sourire. Où qu'elle posât les yeux, les habitants de Lénacie la saluaient avec chaleur.

La jeune femme nagea ainsi pendant deux chants, montant très haut au-dessus de la ville, tout près de la limite de la barrière de protection. À cet endroit, elle avait une magnifique vue d'ensemble de SA cité. Un immense amour pour Lénacie l'envahit soudain. Tout ça en valait la peine ! Elle comprit qu'en sacrifiant son amour pour Mobile, elle avait accompli son premier devoir de reine. C'était en quelque sorte un don de soi en échange d'un avenir exempt de dictature et de tyrannie pour tous les Lénaciens.

Longtemps, elle observa la cité avec ses grandes artères, ses parcs et ses champs. Lorsqu'elle redescendit, elle se sentit apaisée et plus heureuse qu'elle ne l'avait été dans le dernier mois. Elle se rendit au parc Doçura et creusa un trou au pied du plus grand java. Elle y enterra le médaillon et avec lui, ses espoirs et son amour pour le prince.

Au détour d'une rue menant au palais, un attroupement d'ouvriers attira son attention. Elle s'approcha et entendit qu'on félicitait avec vigueur un homme pour avoir sauvé un siréneau qui allait être heurté par un char. Apercevant leur reine, les citoyens s'écartèrent et Marguerite se retrouva devant le sauveur de l'enfant. Son cœur fit un tel bond dans sa poitrine qu'elle ne parvint qu'à prononcer son prénom.

– Damien ?!

– Majesté ? s'étonna le syrmain, perplexe, en descendant de quelques centimètres dans une révérence. Vous connaissez mon prénom ?

Épilogue

Marguerite regardait sa mère valser aux bras de son nouvel époux. Jamais elle ne l'avait vue si rayonnante ! Ses cheveux étaient tressés dans son dos et parsemés de fleurs en awata. La kilta qu'elle portait était lilas et de longs pans de tissu blanc, lilas et marine étaient attachés au bas du vêtement et tournoyaient autour d'elle. On pouvait lire dans les yeux de M. Brooke tout l'amour qu'il éprouvait pour sa partenaire.

Marguerite tendit la main et pressa les doigts de Damien qui l'escortait. Celui-ci était visiblement fier de partager ce moment important pour la femme qui avait pris possession de son cœur, trois ans auparavant, dans une petite rue de la cité. Il était conscient d'être choyé par la vie.

Le matin même, il avait offert à Marguerite un delphineau. Il savait pertinemment qu'aucun dauphin ne pourrait remplacer Ange, dont elle lui avait abondamment parlé. Toutefois, comme c'est souvent le cas dans la vie, l'histoire se répétait et ce petit, qui venait tout juste d'avoir un an, avait perdu sa mère la veille. La reine qui, comme tous le savaient, communiquait sans difficulté avec les delphinidés par la pensée, était la seule à vraiment pouvoir s'en occuper adéquatement. Marguerite était immédiatement tombée sous le charme du delphineau, qu'elle avait baptisé Flora.

La jeune reine tourna la tête vers son jumeau, qui lui sourit en retour. Il était seul. Une partie des pensées du roi devaient être orientées vers la belle Pascale, avec qui il partageait un amour secret. Depuis deux ans, cette dernière dirigeait un centre pour les siréneaux orphelins. Si son travail acharné avait rétabli sa réputation auprès de la population, ce n'était cependant pas suffisant pour qu'on l'accepte comme épouse royale... Les manigances d'Alicia continuaient à peser lourd sur certaines facettes de leur vie. Les amoureux s'armaient de patience, certains que l'avenir leur offrirait leur chance.

« Je t'aime, mon frérot ! » lui envoya-t-elle par la pensée. Le sourire du roi s'élargit.

Puis le regard de Marguerite dévia vers l'émissaire arrivé de Lacatarina avec la nouvelle de la mort du roi Simon. Il était un peu plus loin et faisait du charme à une jeune sirène de la cité. Il attendait une réponse des souverains lénaciens avant de retourner dans son royaume. Qui se rendrait à la cérémonie d'abîme organisée en l'honneur du roi Simon et au couronnement du nouveau souverain de Lacatarina ? Sûrement Una, dont c'était le rôle maintenant...

La jeune femme reporta son attention sur la valse de sa mère et de M. Brooke. Elle s'était promis de mettre de côté toutes ses responsabilités ce soir et de profiter du mariage pour s'amuser. Elle entraîna donc Damien dans la danse. En plongeant son regard dans celui de son amoureux, elle sut qu'elle aussi, bientôt, vivrait le plus beau jour de sa vie. Un seul détail la chicotait encore et pour la centième fois ce mois-ci, elle ne put s'empêcher de s'interroger : « Comment vais-je m'y prendre pour le demander en mariage ? »

TABLEAU COMPARATIF
DES CHANTS ET DES HEURES

➤ Premier chant de la nuit : 1 h
➤ Deuxième chant de la nuit : 3 h
➤ Troisième chant de la nuit : 5 h

➤ Premier chant du matin :   7 h
➤ Deuxième chant du matin : 9 h
➤ Troisième chant du matin : 11 h

➤ Premier chant de la mi-journée : 13 h
➤ Deuxième chant de la mi-journée : 15 h
➤ Troisième chant de la mi-journée : 17 h

➤ Premier chant du soir : 19 h
➤ Deuxième chant du soir : 21 h
➤ Troisième chant du soir : 23 h

CALENDRIER LÉNACIEN

- An 1 : Année de la baleine
- An 2 : Année de la pieuvre
- An 3 : Année du thon
- An 4 : Année de la tortue
- An 5 : Année de l'hippocampe
- An 6 : Année de l'oursin
- An 7 : Année du dauphin
- An 8 : Année de la méduse
- An 9 : Année du calmar
- An 10 : Année du requin

LEXIQUE MARIN

Actinie : Anémone de mer.

Baudroie abyssale : Poisson carnivore qui vit dans les profondeurs des océans Pacifique, Atlantique et Indien, entre mille et trois mille mètres de la surface. Le mâle ne mesure qu'environ trois centimètres alors que la femelle peut en atteindre douze. Son corps est massif et il possède une immense bouche aux dents acérées. Un organe lumineux, situé au-dessus de sa tête, pend à l'extrémité d'un filament et sert de leurre pour attraper ses proies.

Bioluminescence : Émission de lumière qui résulte d'une réaction chimique se produisant à l'intérieur d'un organisme vivant. La lumière produite est froide, c'est-à-dire qu'elle ne produit pas de chaleur (contrairement à une ampoule électrique, par exemple). En fonction des éléments présents dans la réaction chimique, la lumière produite peut être rouge, orange, jaune, verte, bleue ou violette.

Cachalot : Grand mammifère cétacé carnivore. Le mâle peut atteindre plus de vingt mètres de long. Sa tête à elle seule représente près du tiers de la longueur de l'animal. Ce mammifère se nourrit en grande partie de calmars ainsi que de poissons. Il peut plonger jusqu'à trois mille mètres de profondeur.

Chalut : Filet de pêche en forme d'entonnoir traîné par un bateau.

Chauliodus : Un des plus féroces prédateurs qui vit en eau profonde dans les mers tropicales et tempérées. Ce poisson mesure entre trente et soixante centimètres et sa couleur varie entre le vert, l'argent et le noir. Il a de longues dents aiguisées sur sa mâchoire inférieure. Il attire ses proies avec un leurre lumineux situé à l'extrémité de son épine dorsale.

Cheminée thermale : Geyser marin qui laisse échapper en permanence de l'eau riche en minéraux. Cette eau peut atteindre quatre cents degrés Celsius. Les zones entourant ces cheminées sont habituellement densément peuplées par différentes espèces marines.

Clipper : Voilier marchand transportant des denrées périssables. Il mesure environ soixante à soixante-dix mètres de long, mais sa taille ne l'empêche pas d'être très rapide et facilement manœuvrable. Au XIXe siècle, les clippers étaient construits généralement en bois et avaient trois mâts.

Évent : Narine d'un cétacé. C'est par cet orifice situé au sommet de la tête que l'air des poumons est expulsé.

Lacis : Réseau de fils entrelacés pouvant former un filet de pêche.

Murène : Poisson carnivore, voisin de l'anguille, dont la peau est lisse et sans écailles. Son robuste corps est plat et sa morsure est dangereuse.

Palourde : Mollusque marin sédentaire et comestible, la palourde préfère les fonds vaseux et sableux, spécialement ceux qui ont beaucoup de cailloux.

Pieuvre à anneaux bleus : Espèce de pieuvre qui vit dans la région australienne et atteint rarement dix centimètres. Elle est munie d'un bec qui ressemble à celui d'un perroquet qui peut facilement déchirer la peau et les muscles. Son venin est dix mille fois plus puissant que le cyanure et agit extrêmement vite. Une simple morsure peut tuer un humain en quatre-vingt-dix minutes.

Plaques tectoniques : Immense fraction de l'écorce terrestre, d'environ cent kilomètres d'épaisseur, qui se déplace lentement chaque année sur l'asthénosphère (couche supérieure liquide de la terre).

Poisson-pierre : Poisson qui mesure entre trente et quarante centimètres une fois adulte. Son corps globuleux est couvert d'excroissances cutanées et lui permet de se fondre aisément dans son environnement. Il est doté de treize courtes épines dorsales reliées à des glandes à venin, ce qui le rend extrêmement dangereux pour l'homme.

Requin-baleine : Plus grand poisson vivant actuellement sur Terre. Sa taille se situe entre quatre et quatorze mètres, et son poids peut atteindre jusqu'à trente-quatre tonnes. Massif, il se déplace lentement et est totalement inoffensif. Il se nourrit principalement de plancton, d'algues et d'animaux microscopiques.

Venin thermolabile : Venin qui a la propriété de devenir inopérant lorsqu'il est soumis à la chaleur.

Ver tubicole : Animal qui vit dans un tube qu'il construit lui-même et dans lequel il peut se rétracter instantanément pour se protéger.

LEXIQUE LÉNACIEN

Aérodynamo : Machine servant à extraire l'oxygène présent dans l'eau de mer.

Allié naturel : Espèce marine avec laquelle un sirène a un lien particulier et avec laquelle il arrive à communiquer. Chaque sirène a un allié naturel qui lui est propre.

Aquapotio : Métier lénacien équivalent à celui de pharmacien sur terre.

Assur : Hamac.

Awata : Minerai exploité depuis des siècles par les sirènes. Beaucoup plus précieux que les perles, il est également plus rare et plus difficile à obtenir.

Baie de liane : Petit fruit sucré cultivé par les sirènes depuis des siècles.

Clubas : Pâtisseries fabriquées à base de poudre d'épines d'oursin.

Eska : Restaurant lénacien.

Eskamotrène : Petite pastille rouge qui, pendant douze heures, empêche les jambes des syrmains de se transformer en queue de sirène au contact de l'eau de mer.

Frolacol : Sirène cannibale aveugle en absence de mouvements. Il a un dos voûté, un visage déformé et une queue grisâtre dont les écailles montent jusqu'à la poitrine. Les frolacols sont des descendants de sirènes qui ont été chassés du royaume des mers du nord. Pour survivre, ils ont développé leur don de communication avec leur allié naturel, dont ils se servent pour arriver à leurs fins.

Java : Grand arbre qui ressemble à un érable.

Kilta : Vêtement s'apparentant à un haut de bikini.

Lacatarina : Cité sous-marine des mers du sud.

Lénacie : Cité sous-marine située dans l'océan Léna.

Océan Léna : Nom que donnent les sirènes à l'océan Atlantique.

Octavy : Cité sous-marine située dans une fosse abyssale dans l'océan Léna.

Octavien : Habitant d'Octavy.

Piquantito : Espèce extrêmement rare de poisson-pierre des profondeurs. Il mesure une trentaine de centimètres et a une apparence cauchemardesque. Son aileron dorsal comporte treize épines dans lesquelles réside un venin neurotoxique puissant qui paralyse les muscles et attaque le système nerveux de sa proie. Bien que ces poissons ne soient pas agressifs, leur invisibilité due à leur apparence et à leur immo-bilité les rend très dangereux.

Plioré : Arbre sous-marin qui ressemble au saule pleureur.

Requinoi : Poisson-messager né de manipula-tions génétiques des chercheurs lénaciens. Il est un croisement entre un poisson-pilote et un petit requin.

Sirim : Servante directement attachée au service de la reine.

Syrius : Langue commune à toutes les popula-tions de sirènes.

Syrmain : Être qui a la capacité d'être un sirène en mer et un humain sur terre.

Trident : Arme extrêmement puissante com-mandée par la pensée. Elle a la forme d'un bâton surmonté de trois pointes.

Vélorine : Moyen de transport formé de la coquille d'un immense mollusque qui a été coupée en deux. Au fond de la coque, une ouverture rectangulaire est pratiquée où se trouve la barre qui permet de diriger l'engin.

POUR AVOIR DES NOUVELLES DE L'AVANCEMENT DU TOME V, VENEZ SUR LA FAN PAGE FACEBOOK « ROYAUME DE LÉNACIE ».

L'AUTEURE SE FERA UN PLAISIR DE RECEVOIR LES COMMENTAIRES DE SES LECTEURS ET LECTRICES AINSI QUE DE RÉPONDRE À LEURS QUESTIONS.

POUR UNE CONFÉRENCE DE L'AUTEURE DANS VOTRE ÉCOLE, IL SUFFIT QU'UN(E) ENSEIGNANT(E) ÉCRIVE À L'ADRESSE :

royaumelenacie@gmail.com

PARMI TOUS LES COURRIELS REÇUS, 4 TIRAGES AU SORT SERONT EFFECTUÉS. LORS DE CHACUN DE CES TIRAGES, 3 ÉCOLES REMPORTERONT UNE CONFÉRENCE GRATUITE.

DATES DES TIRAGES :

- 1er DÉCEMBRE 2011
- 1er MAI 2012
- 1er OCTOBRE 2012
- 1er FÉVRIER 2013

BONNE CHANCE À TOUS !

À PARAÎTRE

Tome 5
Le royaume de Lénacie
(dernier tome de la série)

Extraits du tome 5

« Cela faisait huit ans que Marguerite et Hosh régnaient sur Lénacie et la situation allait en empirant entre leur royaume et celui de Lacatarina. Tout avait véritablement commencé quatre ans plus tôt, un an exactement après le décès du roi Simon, alors que le prince Mobile lui avait succédé sur le trône. »

[...]

« Une guerre sans précédent se dessinait à l'horizon. »

[...]

« Des ombres apparurent alors au loin et foncèrent vers eux à toute vitesse. Avant que

Marguerite n'ait le temps de réagir, des orques attaquaient férocement les deux grands requins blancs. D'un seul coup de tête, ils en projetèrent un à des dizaines de mètres, sans difficulté. Les mâchoires des orques se refermèrent ensuite sur les flancs du second requin, qui n'offrit guère de résistance. Marguerite était abasourdie. Elle qui croyait que ces alliés étaient les plus puissants ! Pendant toute la bataille, Leila n'avait pas bougé d'une écaille, mais une fois le combat terminé, elle tendit la main vers sa reine et exigea le cristal noir de Langula. »

[...]

« Hosh et les sirènes qui se battaient à ses côtés se défendaient de leur mieux, projetant sans arrêt des rayons de trident. " Marguerite, on ne fera jamais le poids ! " lança-t-il mentalement à sa jumelle. »

Puis, avec la force du désespoir, Hosh hurla :

– JESSIE !!! Rappelle tes monstres ! Lénacie ne sera JAMAIS à toi !!! »

DÉJÀ PARUS

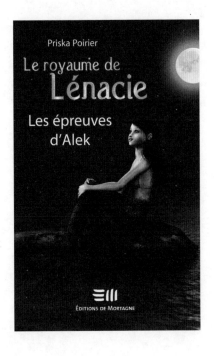

Priska Poirier

Le royaume de
Lénacie
Vague de
perturbations

ÉDITIONS DE MORTAGNE

Priska Poirier

Le royaume de
Lénacie
Complots
et bravoure

ÉDITIONS DE MORTAGNE

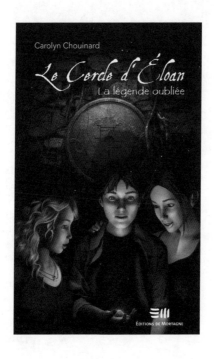

REJETE
DISCARD

Achevé d'imprimer
sur les presses de Imprimerie H.L.N.
Imprimé au Canada